活版印刷三日月堂

大海的来信

[日] 星绪早苗 著　周龙梅 译

目录

蝴蝶朗读会 1

淡雪的痕迹 83

大海的来信 167

我们的西部片 255

译后记 珍藏回忆的使命 359

蝴蝶朗读会

1

每月一次的朗读班结束后,我和三咲、遥海、爱菜一起走出教室时,被黑田老师叫住了。

"有点事要跟你们商量。"

老师笑着说。

"什么事?"

三咲问。

"事情有点突然……你们四个想不想开一个朗读会?"

听了老师的话,我们四个对视了一下。

"举办……朗读会?"三咲又问了一句。

我们在川越文化中心开办的黑田敦子老师的朗读班上课。遥海和爱菜两年前开始,三咲一年半前开始，我是一年前开始的，大家都是在这个班上认识的。

我是图书馆的管理员，不太擅长与人交谈，以前是一个经常独自一人在图书室里度过的孩子。也正因为如此，我才做了图书管理员。可工作并非只要读书就可以，要回答来图书馆借书的人提出的疑问，还要为会议和培训学习做准备，而最棘手的是给小朋友讲故事。轮到我负责的时候，我总是焦头烂额。为了克服这一点，我开始参加朗读班。

三咲是小学教师；遥海在专修学校学过解说，现在在一家游乐园里做场内广播员的工作；爱菜是少儿英语补习班的老师，直到大学毕业，都在参加戏剧部的活动。虽然职业与动机各不相同，但在二十几名学员里，二十几岁的人只有我们四个。我们很自然成了好朋友，每次讲座结束后，总是四个人一起去吃饭。

"是这样，有一个好机会。'藏'举办的朗读会……"

黑田老师每隔一个月会在川越一个叫"藏"

的咖啡店里举办一次朗读活动。夏季朗读鬼怪故事,冬季是有关圣诞节的活动,根据季节选定内容。我们也去听过几次,场场满座,是一个很有人气的活动。

"'藏'的顾客大多是当地的亲子。有些人虽然对朗读会很感兴趣,但因为有小孩,参加活动就有所顾虑。所以,我和店老板商量了一下,最后决定,既然这样,不如办一次亲子能乐在其中的活动怎么样。"

老师一直紧盯着我们。

"所以呢,既然考虑到大人带孩子来,就想干脆由年轻人来朗读会不会效果更好?而且跟孩子们打交道,你们是专业的吧?"

"这个嘛……"

"可是,不行的。'藏'的活动太……"

爱菜连连摆了摆手。

"孩子们就不用说了,对于年轻的爸爸妈妈来说,会觉得很亲切,也有新鲜感。"

"会吗?……"

三咲的声音很没有底气。

"活动是付费制的，附赠一份饮料，后面点的饮食另外收费。店老板说，可以付朗读者出场费的。"

"出场费？"

"我们的朗读可以收费吗？"

"而且，万一一个听众也不来呢？……"

听到三咲她们几个你一言我一语，老师叹了一口气。

"的确，免费的朗读会可能会轻松一些。但是，那样真的好吗？读得不太好也希望能够被原谅，很容易产生这种天真的想法吧？"

听了老师的话，三咲她们都不作声了。

"开始也许不会一下子来那么多人，不过，只要来过的人还想来听，人数就会一点点增多。而且，练习需要充分的时间，准备活动也需要资金。免费的话，很难持久。"

"但是……"

"没问题的。平时你们都很努力，这次我也会指导你们排练的。"

大家都沉默不语了。

"那就试试看。"

过了一会儿,三咲说。我愣了一下。

"是啊,很难得的机会。"

"再说我们已经练习了很久,应该没问题。"

爱菜和遥海也跃跃欲试。可是我……

我没有自信。但还没说出口,我就已经随大溜地打算一起参加了。

2

过了一个星期,在黑田老师的带领下,我们来到了"藏"。说实话,我很犹豫。小朋友也能乐在其中的朗读会,的确是一个很吸引人的计划。我也很想听听三咲她们的朗读,不过,一想到自己要朗读……我觉得不太可能。还是让我一个人退出吧。

"藏"是一座凝重的建筑,坐落在"大正浪漫梦幻大街"欧式建筑和传统藏造土墙建筑鳞次栉比的大街上,好像是由一座大商家的店仓改建的。

店主涩泽先生五十过半,是黑田老师的铁杆粉丝。这里从五年前开始,定期举办黑田老师的朗读会。

"要想营造受孩子们欢迎的氛围,像各位这样如教育台'唱歌的大姐姐'来朗读就非常好。我听说各位都是学校的老师或者图书管理员,这样我就放心了。"

涩泽先生说。

"是啊,我们都是很习惯与孩子打交道的人。不过举办朗读会是第一次,所以……很紧张。"

三咲回答说。

"啊,我听黑田老师说了。不过,我觉得那样也好。如果是很老练的人,怎么说呢,会觉得反正是一次为儿童举办的活动吧?那样不见得效果就好。"

"是啊,虽然欢迎带孩子的人来,但希望平时的常客也能来参加。想办成即使是大人也可以欣赏的内容。"

"孩子可以理解,又可以在大人心里产生共鸣。这样的内容会不错的。"

计划不断推进,根本不是能说出想退出的

气氛。

"那儿童读物也许合适。我是教师,经常给孩子们读儿童文学,这类作品有很多。童年读过的作品,长大之后再读,会看到另外的世界……"三咲说,"比如小学三年级国语教材里有一篇叫《小千的影子》的作品,讲述一个在战争中失去亲人,最后自己也死去的女孩的故事。"

我猛然愣了一下。《小千的影子》是我最喜欢的阿万纪美子的作品。《小千的影子》是一篇杰作,无论读多少次,都会感叹不已。

"我让学生在家里出声朗读,家长们总会跟我反映'听着孩子出声朗读,自己忍不住会哭出来'。"

"那《车的颜色是天空的颜色》怎么样?跟《小千的影子》一样,也是阿万纪美子的作品。"

自己的心一下子被黑田老师的话触动。《车的颜色是天空的颜色》是阿万纪美子众多作品中我最喜欢的作品集,也是阿万的成名作,由八个短篇构成。

主人公是出租车司机松井。各种各样的乘客乘坐松井驾驶的出租车，看上去都像是人，其实有的是小狐狸，有的是山猫，有的是熊。每运送一位不可思议的乘客，松井都会被带入不可思议的世界……都是这样的故事。

"是那个有《白色的帽子》的短篇集吧？我没读过全篇……"

三咲说。《白色的帽子》是《车的颜色是天空的颜色》中的一篇，收录在小学四年级教材里。

"是有出租车司机登场的故事吧？我好像记得。"

爱菜说。

"那，那个……"

我不由得说出声来。大家都朝我这边看。

"我觉得《车的颜色是天空的颜色》合适。"

虽然很紧张，但我还是毅然决然地说了出来。

"每个故事十几页，小朋友也不会听厌。我

觉得全篇一个小时左右就可以读完……"

说到这里,我调整了一下呼吸。

"《车的颜色是天空的颜色》是名作,很温馨、很深刻……我以前也很喜欢《白色的帽子》。大学时代偶然在图书馆里发现《车的颜色是天空的颜色》,读了之后……很震撼。怎么会有这么短却如此深刻的故事?小朋友读也会很愉快,而大人读,会觉得回味无穷。我觉得它非常适合朗读会。如果可以的话,我很想朗读。"

一口气说完之后,我自己都惊呆了。"我很想朗读"?我这是在说什么呢?刚才还在想自己没有自信,想退出。

"是的。是很可爱的故事,愉快的故事,也是悲伤的故事。是富有变化、诗情画意,拥有出声地朗读和聆听乐趣的作品。"

黑田老师嫣然一笑。好像爱菜和遥海,还有涩泽先生也都没有读过全篇。最后大家决定先分头阅读作品。

那之后,我们又商量了朗读会的日程和当

天的计划安排,以及相关的各种准备事宜。朗读会定在七月第一个星期五的晚上,七点开始入场,七点半开演。通过"藏"的网页和发传单进行宣传。五月长假结束前定好演出节目,之后定好各自朗读分担的部分后就开始练习。服装和剧本之类的自己准备。五月末和六月末,分别让黑田老师确认一遍。

"另外,当天发给听众的节目单也由你们负责准备啊。"

节目单是写着当天演出节目、表演者姓名和朗读会概要的小册子,好像有很多还会写上作品介绍以及给听众的寄语。这么一说,黑田老师的朗读会每次也会发小册子。

"就算做得很简单,也还是有一份比较好。可以作为纪念,来早了的听众,还可以在开演之前阅览。"

我把老师和涩泽先生说的事情一件件记录下来。

"团队的名字也事先定下来比较好。"

老师说。

"四个人联名虽然也不错,但既然是个难得的机会,是不是起个队名更好呢?就像乐队组合那样,选一个可以表达四人氛围的名字。"

"比如取大家名字的英文首字母……"

遥海歪了歪头。

"不是那种,而是更有日本风格的怎么样呢?"

爱菜说。

"要很容易记住,又不俗套,有你们自己特色的。"

容易记,又不俗套,老师说得很轻松,实际很难。而且要有我们的特色?这可是给我们出难题了。

"知道了。现在无法马上决定,过后我们会考虑的。"

三咲说。

"想在六月中旬通知大家……所以请在五月末之前定下来哟。"

涩泽先生看着挂历说。

出了"藏",跟黑田老师道别后,我们四个人穿过一番街,朝车站走去。

"我们的朗读会啊。"

三咲长长地吐了一口气。

"是真要开了哦。怎么办呢,好紧张啊。"

遥海双手捂住了脸颊。

"光是商量就已经够紧张的了。"

爱菜用一种可爱的声音说。

"我能行吗?"

我喃喃自语。

"没问题的。"

爱菜拍了拍我的肩膀。

"是……吗?"

我为什么会说出"我很想朗读"的话来呢?想向大家传递《车的颜色是天空的颜色》的世界,我真的是这样想的。可是由我来朗读能行吗?这是两码事儿。

"商量完了,肚子突然饿起来。"

遥海捂着肚子说。

"真的啊。"

"吃点什么东西吧。"

"车站大楼里面的自助午餐就很不错!"

遥海提高嗓门。

"好啊,那家我一直都很想去的。"

爱菜呵呵笑着说。

进店后,刚被带到座位上,大家就直奔菜台去了。

"这么一说,我想起来了。'藏'能容纳多少听众呢?"

面对眼前堆积如山的菜盘,遥海说。

"刚才数了数,我感觉椅子有五十几把吧。"

"不过,黑田老师的朗读会,还有人站着听。"

"我曾经帮忙做过一次接待,一共坐了八十几个人呢。"

三咲说。

"啊?八十?那么多……"

遥海眨了眨眼睛。

我头晕了。八十个人?要当着那么多人的

面朗读?

"那是黑田老师的朗读会吧?我们是新手,能坐满就不错了。"

"那也要五十人吧?能来那么多吗?"

"万一谁也不来可怎么办哪?"

"你说什么呀,黑田老师不是说了吗,积累听众也很重要。只要能办成一次给人留下好印象的朗读会,听众就会渐渐多起来。"

三咲用一种教诲的口气说。

"就是嘛,'藏'的朗读会也有常客,还有三咲的学校、小穗的图书馆。我也会在我的英语补习班里宣传,叫一些带孩子的人……"

爱菜说。

遥海腾的一下从座位上站了起来。

"我也去召集人,我们加油!要办成一个能对得起那个会场的朗读会!"

周围的顾客一下子都看着这边。

"遥海——"

爱菜在旁边戳了戳遥海。

"啊……那个,我去拿点饮料来。"

可能是有些难为情了吧？遥海苦笑着走到放饮料的台子那边。三咲和爱菜，还有我都忍不住哈哈大笑起来。

第二天晚上，三咲发来短信。好像是从学校的图书室借到书，马上就读了一遍《车的颜色是天空的颜色》。看到短信上写着："非常好，我也很想读这本。"我心里一阵欢喜。自己喜欢的东西，有人说好，有种心与心连到了一起的感觉。

过了四五天，爱菜和遥海也发来短信。她们两个也都写着"非常好"。于是，演出节目定为《车的颜色是天空的颜色》。

我心想，也许能行。虽然没有自信，但是跟着这个团队，可以一起努力。况且，我就是为了要克服不擅长讲故事的缺憾，才来学习朗读的。虽然有点害怕，但试试看吧，我想。

3

周末,为了对台词,我们在区里的公共设施集合。

"《小小的乘客》里的小狐狸兄弟,好可爱啊。"

"《拒载山猫》和《肥皂泡的森林》这几篇,精心设计一下,会读得很有趣的。"

"《熊绅士》也好看。唱歌那段,我都快哭出来了。"

"我能理解。那一段特别棒。"

"这么一说,我想起来了,《运气好的故事》和《今日有雪》里也有一段像歌词一样。那里怎么处理呢?"

大家纷纷说着各自的感想。

《小小的乘客》是小狐狸兄弟俩第一次乘车的故事。《运气好的故事》是钓鱼人讲鱼的故事。《白色的帽子》是被男孩的帽子捉住的蝴蝶的故事。《肥皂泡的森林》是松井一会儿变大一会儿变小的故事。《拒载山猫》里出现了山猫医生,《熊绅士》里出现了熊夫妇,《今日有雪》里小狐狸再次出现。

能够和大家一起畅谈《车的颜色是天空的颜色》,我心里好高兴,好激动。

"我……喜欢《法国梧桐路三巷》。"

我这么一说,大家忽然都沉默不语了。

"啊,那篇太感人了。"

三咲点点头。

"嗯,读的时候我落泪了。"

"虽然是那么短短的一篇。"

遥海和爱菜也都意味深长地说。

一个四十左右的女人坐上出租车,说她要去"法国梧桐路三巷"。可是,松井没有听说过有什么"法国梧桐路三巷"。女人说是在

"白菊会馆附近"。那一带他很熟悉的啊，松井一边琢磨一边开车。

在高楼大厦的街道上开着开着，不知什么时候，高楼一座都不见了，他开到了一片有红绿屋顶的房子的地方。乘客下车，说了一句"请等我一下"，从乘客进去的家里传出欢快的笑声。

松井在高大的法国梧桐树底下等着等着，客人回来了，并说自己在战争结束之前，一直住在那座房子里。空袭时，城市变成了火海。她带着两个三岁的孩子到处逃命。等醒悟过来时，城市已变成一片焦土。两个孩子都死了。

后来二十二年过去了。松井载着乘客回到车站前面，这时他回头一看，发现坐在车上的不是刚才的女人，而是一个小个子老奶奶。老奶奶说多亏坐上松井的出租车，自己可以回到过去的家里。说完下了车，不见了……

"真的就像黑田老师说的那样，里面有各种类型的故事。可爱的故事、愉快的故事、不可思议的故事、意味深长的故事。其中也有像

《法国梧桐路三巷》这样的故事。这才好呢。"

爱菜说。

"怎么朗读呢？要不然每人两篇？"

遥海看着书说。

"那样比较适合在家里练习，但一个人一直通篇读，会不会太单调啊？"

三咲歪着头说。

"是啊。还是分角色来读，像演话剧那样，带着感情，抑扬顿挫地读吧？"

"那样小朋友也容易懂，好带入。"

"那就分角色来读吧。相对的练习会比较辛苦，不过因为是新手，应该这么努力才行。"

三咲笑了。

"还有一种分法是，旁白、松井分别各由一人负责，其他两人负责乘客，这样吧？剩下就是谁读哪里了……"

"松井多大年纪来着？"

"好像哪里写着'从乡下出来几年了'……"

爱菜翻看着书页。

"《法国梧桐路三巷》里写着'弟弟二十五

岁'呢。"

我说。

"也就是说快三十岁了？但还不到三十的感觉。"

"印象中年纪更大一些……原来跟我们差不多啊。"

"性格怎么样呢？"

"很好的人……对吧？"

遥海这么一说，爱菜笑着说"是的"。

"很诚实、很温柔的感觉。"

"很稳重，所以看上去也许不止二十几岁。"

"不胖不瘦，中等身材……不，相对是个小个子的感觉？"

"虽然不算软弱，但也不是很严厉的感觉。"

松井的人物形象渐渐形成了。

最后决定多读多思考，我们轮流担任角色，读了第一篇故事《小千的影子》。

"旁白还是遥海合适，流畅圆润，听起来舒服。"

三咲说。

有表演经验的爱菜和学广播专业的遥海,与三咲和我的实力截然不同。二人的声音都有一种独特的魅力,听着就令人心情愉悦。不过,人各有所长,各有所短。表演出身的爱菜背台词拿手,但不擅长旁白。相反,遥海的旁白读起来很流畅,但说台词似乎不太擅长。

"是吗?……的确很流畅。"

爱菜晃了晃头。我似乎明白她的意思。

"我觉得三咲合适。"

我鼓起勇气说了一句。

"啊,我也这么想。"

遥海也抬起头。

"嗯,怎么办呢?"

三咲歪了歪头。

"遥海声音过于圆润,似乎有种抓不住的感觉……怎么说呢,有点滑溜溜的。"

我边想边说。

"是的。我觉得这个故事,三咲那样朴实的读法好像更合适。"

爱菜也点了点头。

"我想读松井。"

遥海说。

"我觉得可以啊。刚才遥海的松井,有点傻乎乎的,很有味道呢。这样的话,旁白是三咲,松井是遥海,我和小穗分担乘客,这样怎么样?"

爱菜环视着我们。

和我相比,爱菜的声音好像更高更可爱,所以,最后决定爱菜读小狐狸的弟弟和蝴蝶。《运气好的故事》里的钓鱼人和《白色的帽子》里的第一个乘客由我负责。

大家用计时器记录了前三篇各自所需时间后,便开始对台词。

"哥哥你说得对,果然是脚坏了。"
"就在身后,响起了小孩稚声稚气的声音。"
"别看它是圆的,那也是脚。懂吗?"
"可它不长毛呢。"
"磨掉了呀,你怎么连这也不懂?"

刚读了几句《小小的乘客》里小狐狸兄弟

俩的对话，我就被爱菜精彩的朗读震住了。明明是刚刚分配角色，并没有事先练习过，她却完全融入了小狐狸弟弟的角色中。

怎样才能读得那么生动、活灵活现呢？我真有点羡慕她。爱菜和遥海就不用说了，连三咲也不愧是学校老师，声音响亮，吐字清晰，最近读得越来越好，经常受到黑田老师的表扬。

跟她们相比，我……练习的时候我也好几次咬嘴，在班上也是，朗读状态很不稳定，经常受到批评。每当这时，我都会觉得自己不适合朗读。即使这样还在坚持，是因为在朗读中可以精读作品。这是谁的话？是以怎样的心情说的？朗读要比写感想更能深入理解作品，在自己心里刻下深深的烙印。

唉，我要能读得再流畅一些就好了。

"小穗，你怎么了？轮到小穗读了哦。"

遥海的呼唤，让我回过神来。

练习结束后，大家顺路来到了"藏"。这里有简单的餐饮，我们也想再感受店里的氛围。

"《车的颜色是天空的颜色》真是个好故事。好期盼朗读会啊。"

涩泽先生也读了作品,很高兴地说。

"另外,团队的名字决定了吗?"

"啊,完全忘记了。"

遥海一副呆住的样子。

"对哦,得想一个团队名。"

三咲好像也忘记了,抱着头说。

"嗯,反正还有时间呢。慢慢想就好了。"

涩泽先生笑着走进吧台里面。

"怎么办哪?什么都没有考虑。"

爱菜露出困惑的表情。

"是黑田老师的学生……有这种感觉会不会比较好?"

三咲说。

"对啊。嗯,比如带一个'黑'字。"

"那就叫'黑豆'!"

遥海一说,爱菜就笑了。

"黑田老师的弟子,又很小,所以叫'豆'

怎么样？"

不知为什么，遥海好像很得意的样子。

"嗯，倒也不赖……有种要过年的感觉？"[1]

三咲苦笑了一下。

"不行吗？"

遥海失望地垂下头。

"不不，不是不行，可以当候选、候选。"

三咲劝慰说。后来，我们又想出了几个方案，但没有一个很亮眼的。

"还有，节目单怎么办？"

爱菜说。

"啊，还有那个呢。写些什么好呢？"

"一般大多是写当天表演的节目、表演者的姓名……还有作品介绍和寄语什么的。"

我边看笔记边说。

"想到有小朋友参加，配些插图会好一些。"

"是的。可是谁来画呢？"

"给学校做印刷品，我做过多次……但是朗读会的节目单，什么样的设计好呢？"

1　日本有过年撒豆子驱鬼的风俗。

"好不容易办一次,尽量做得漂亮一些吧。"

遥海这么说的时候,我一下子想起了同事的婚礼请柬来。

今年春天,一个同事结婚了。她要跟去国外赴任的新郎一起出国,所以辞掉了图书馆的工作。那次婚礼的请柬实在是妙不可言。

虽然是一种黑白印刷,却有一种不可思议的质感与奥妙。大家都说好美,那好像是叫"活版印刷"吧……

一位协助做请柬的设计师,作为朋友代表致辞说,请柬是利用新娘家传的一套独一无二的铅字制作的活版印刷。请柬的印厂在川越。

"喂,你们知道'活版印刷'吗?"

我问她们三个。

"活版印刷?那是什么呀?"

遥海摇了摇头。

"是以前的印刷技术吧?表面有点凹凸不平的那种?"

三咲说。

"现在很流行哦。我见过活版印刷的名片,

很有质感。"

爱菜说。

"上次一个同事的婚礼请柬就是用了活版印刷。完全没有陈旧的感觉,虽然是黑白的,但让人印象非常深刻……"

三咲和遥海一副茫然不解的样子。那种妙趣很难用语言来表达。虽然很简洁,但文字本身有一种说不出的氛围,一种宁静而有力的感觉。

"考虑设计之前,还是应该先考虑一下文字内容吧?作品介绍、给听众的寄语……啊,那之前,还有团队的名字呢,有好多事要做啊。"

三咲嘟囔着。

"练习也才刚刚开始。"

"能行吗?我们几个的朗读会真的能办成吗?"

遥海叹了一口气。问题不在于遥海、爱菜和三咲,问题在于我。不安的情绪使我头晕眼花。还有两个月,能读好吗?正因为是最喜欢的作品,所以就更害怕因为自己而砸锅。

4

出了"藏",来到仲町十字路口附近的时候,我想起了婚礼的致辞。

——承揽这份请柬印刷的是一家叫三日月堂的印刷厂,在川越的鸦山神社附近。

鸦山神社。应该是在过了仲町十字路口,走几步就到的小路那里。

"刚才说的活版印刷……我觉得印刷厂就在这附近。"

"真的?我想去看看。"

爱菜眼睛放光了。

"可以啊。反正之后没什么事情。"

三咲一说,遥海也点点头。过了十字路口,

从宽广的大路拐进狭窄的小路。店铺渐渐少了，眼前都是民居与田地。

"是这里吧？"

站在鸦山神社斜对面的一幢白色建筑前面，遥海说。"活版印刷三日月堂"，一块画着一只乌鸦落在新月上的广告牌立在那里。

"哎，这是什么呀？太厉害了。"

朝里面张望的遥海呆住不动了。

透过门上的玻璃，可以看到一整面墙的架子，架子上面摆满了四角形的小东西。里面还有几台笨重的机器……

"川越还有这种地方啊，我都不知道。"

三咲呆呆地说。

"怎么办？"

"什么怎么办？……还没有决定请不请人家做，内容什么的都还没有定呢。今天……"

我们四人在入口前面你看看我，我看看你。

"你们来三日月堂有什么事吗？"

从身后传来一个声音，大家回头一看，一个男人站在那里。

这个人，在哪里见过……是谁来着？经常来图书馆的人？还是……

"啊，那个……不好意思，您是店里的人吗？"

三咲问。

"啊，我不是店里的人，但我常常来这里，学习活版印刷。嗯，算是实习生吧。"

男人一脸孩子气，呵呵笑了。那一瞬间，我猛然想起。

"啊，难道您就是上次在雪乃小姐的婚礼上……"

他是在三月的婚礼上致辞，讲了请柬制作过程的人。

"啊，是的。您参加婚礼了？您是雪乃学姐的朋友吧？"

"嗯，在同一个图书馆工作……"

"这样啊。我姓金子，是个设计师……"

金子挠了挠头。

"是您设计了那张请柬吧？"

"啊，不，活版印刷我是外行……是我跟

这里的弓子小姐一起合作的。那时起我就迷上了活版印刷，所以来这里学习。"金子不好意思地笑了笑，"你们是要制作什么东西吗？"

"还没有想好具体怎么做，不过确实有东西要做……"

"这样啊。既然你们来了，进来看看怎么样？至于做不做，过后再考虑好了。"

男人很随意地打开了门，招手请我们进去。

屋子里整整一面墙都摆着铅字架。三咲和我都屏住呼吸，呆立在那里。

架子上排满了银色的小四方块……

"这些全都是铅字吗？噢，对了，是活版印刷……"

三咲扫了一眼铅字架。

"也就是说，是把这些一个个排列好后，就做成了书吗？"

"不会吧？不过，没有电脑的时代，也只有排列这些东西吧？嗯，不过……"

遥海凑近了铅字架。

"哇，好小啊。啊——但真的是字啊！天

哪，简直不敢相信。"

"很令人吃惊吧。我开始也吓了一跳，难道这就是所有的文字吗？"

金子先生笑了。

"啊，金子先生，您来了？"

传来一个女人的声音。旧机器那边站着一个女人。

"啊，这位就是这里的店主，月野弓子小姐。"

金子先生说。店主？不是跟我们同龄吗？这个人竟然掌管着这家古老的印刷厂？

"这几位是？"

弓子小姐疑惑地望着我们。

"在店门前遇到的。这位小姐和雪乃学姐在同一个图书馆工作。她还记得上次那个请柬。"

金子先生指了指我说。

"啊，是雪乃小姐的……"

"说是有东西要做，犹豫着要不要进店时，我就邀请她们进来了。"

"不好意思，还没确定到底要怎么做。不

过从外面看,我们就惊呆了。这些,是印刷机吗?好古老的机器啊。"

遥海指着弓子小姐面前的机器说。

"是六十年代的机器,叫手动式平压印刷机。只能用控制杆操作,是完全手动、没有动力的印刷机。不过还能使用。"

"这家印刷厂是什么时候开办的?"

三咲问道。

"创立于昭和初期,是我的曾祖父创建的。"

弓子小姐说。

"昭和初期?"

金子先生眼睛瞪得圆圆的。

"因为川越没有遭受空袭,所以建筑也完好无恙。"

弓子小姐回答说。

"随着战后复兴,印刷业不断繁荣……发票、名片、明信片、图书、小册子,什么都印。因此,又扩建厂房,增加机器,工人也越来越多……"

"当时有多少人在这里干活儿?"

"听说当时有拣铅字的人、排版的人、操作机器的人……各种各样的工人。除了祖父祖母,有十几、二十几个……大概这么多人吧。"

"是这样啊。"

这里曾经有那么多人……我怀着不可思议的心情环视着屋内。

"现在只使用手动式平压印刷机、校对机和小型自动印刷机。据说那时候好几台大型机器都在运转,想必相当吵了。"

弓子小姐苦笑了一下。

"大型机器,是那个吗?"

遥海指了指足有一辆小轿车那么大的机器说。那是有很多齿轮和滚筒的庞大机器。

"是有它,另外还有两台大型的自动机。印刷需要复写的东西,那些机器是必不可少的。"

"复写的东西?"

"叠在一起复写的发票。那种一旦线条稍稍有点错位,就不能再用了。以前有专门用来印制这些的机器。但是,会用的工人有限……

后来印刷票据类的活儿越来越少，在工人退休后，机器也就处理了。"

"这样啊。这里还剩下最后两台……"

金子先生环视了一下屋内。

"我懂事的时候，工人基本上已经没有了，只有祖父祖母在勉强撑着。那时不管怎么说还有活儿干，我从小也经常帮着干活儿。"

"帮着做什么呢？"

"挑选铅字……拣铅字的活儿最多了。祖父的专职是排版，所以我上大学以后，他还教会了我排版和校对机的使用方法。那时候，已经没有工人了。祖母肩膀受伤后，使用手动式平压印刷机和小型自动印刷机的印刷工作，都由我来做。"

弓子小姐笑了。

"啊，不好意思，一说起来就没完没了。那个，你们是想要做什么？"

弓子小姐看着我们。

"是这样，我们正在计划举办一个活动，想做一份节目单……"

三咲吞吞吐吐地说。

"活动？什么样的活动呢？"

金子先生立刻追问。

"是一个朗读会。"

爱菜不好意思地回答。

"朗读会？"

金子先生一副兴致勃勃的样子。

"是的。"

"朗读什么呢？"

"那个，是阿万纪美子的作品《车的颜色是天空的颜色》……"

三咲回答说。

"啊，我知道。小学教材里有《白色的帽子》……"弓子小姐说，"那个故事，我很喜欢。长大以后读了整部作品，都是很棒的故事啊。"

"《白色的帽子》，是什么样的故事来着？"

金子先生歪着头。

"主人公是一个出租车司机。一顶帽子掉在路上，司机拾起帽子一看，里面飞出一只蝴蝶……"

"……我记不得了。"

金子先生抬头望着空中。

"是你们四个人读这个故事吗？"

"嗯。解说、司机、乘客，不同角色换不同的人来读……"

"这样啊。好像挺有意思，像广播剧似的。"

金子先生点点头。

"也许还是有些不同……"

爱菜用一种迷茫的口吻回答说。

"我也好想听一听，能不能请你们读一小段？"

金子先生说。

"现在？在这里？"

"啊，对不起，忍不住就……应该不是这么简单就能读的吧？"

金子先生挠了挠头。

"不不，可以的，一小段的话。正好我们也带着剧本呢。"

三咲说。欸，我愣了一下，看向三咲。

"毕竟正式演出时也要在人面前朗读的，而且也想听听别人的意见。"

"是啊……读读看吧。"

不知为何遥海也点了点头。既然如此，只能豁出去了。我从包里拿出剧本，准备读《白色的帽子》。这篇作品要由我来读开头上车的乘客和帽子的主人小男孩。

我们在印刷机旁稍微宽敞一点的地方站成一排。打开剧本之后，我的心怦怦直跳，手也在发抖。《白色的帽子》从乘客的台词开场，也就是从我开始。

我抬头环视着印刷厂，贴着墙壁耸立的铅字架、印刷机和各种各样的机器。据说那时候好几台大型机器都在运转，想必相当吵。

这里，可是工厂啊。"二战"前，有很多工匠在这里干活儿。不知为什么，当时的热闹景象浮现在我的眼前。

"白色的帽子。"

响起三咲读标题的声音。

"这是柠檬的味道吗？"

我读。

"在护城河畔上车的绅士乘客说话了。"

"不是,是夏橘。"

这是读旁白的三咲和读司机松井的遥海。

眼前悠然延伸出一条路来,是"二战"后的路。或许这样的工厂到处都是。有很多路还没有铺好吧?出租车奔跑在尘土飞扬的路上。

我们的声音被摆满铅字的架子吸收,滑入故事的世界。

就这样,最后我们把全篇都朗读了一遍。

传来一阵"啪啪"的掌声,是金子先生和弓子小姐在鼓掌。飘然回到了现实,我感到精疲力尽。

"以前一直不太熟悉,原来朗读真不错啊。"金子先生闭着眼睛,"嗯嗯"点了点头,"听着听着,我也想起了这个故事。好像是在小学课本中读过。好奇怪,我会记得帽子上面写着'竹山幼儿园竹野武男'那个男孩子的名字。"

"你们声音真好听啊。就一句'这是柠檬的味道吗',哇,整个世界就变了……人会被带入故事里,如同自己一起坐上了出租车的感觉。"

弓子小姐说。

"跟默读、看演出都不同。很有新鲜感,感觉故事从耳朵进来了。"金子先生如同在确认自己说的话,"声音真是不可思议啊。我感觉声音和气味比用眼睛看到的东西更靠近。可以说是很真实吧。声音是通过耳膜的振动来感受的。气味也是黏膜与空气中的粒子接触吧?味觉和触觉一样,是很物质性的。与此相比,视觉是光制造的'影像',所以很像梦和幻影,没有实感。还是真实的声音好啊,感觉如同一起在空气的震颤中。"

我心想,这真是个想法古怪的人。但我有点明白他想表达的意思。我隐约想起了那张请柬。

"我之所以被活版印刷吸引,也是因为它有质感。平时都是用电脑工作,但你是摸不到电脑图像的,对吧?而这些铅字,凸起的地方带着墨,印到纸上,有触摸的感觉。这种地方就很棒。"

金子先生扫了一眼铅字架。质感,触摸的感觉,我被这些话触动了。我很想让三咲和遥海也看一看那张有不可思议魅力的请柬。

"那个……不好意思,上次的那张请柬还有吗?"

我问道。

"有的,请稍等。"

弓子小姐从抽屉里拿出一张请柬,放到桌子上。三咲和遥海拿起请柬。上面只印了新郎新娘写的一段短文和一只船的图案。但不知为什么,有一种莫名的静谧与美感。

"好美啊。"

三咲惊叹了一声。

爱菜和遥海也凝神注视着。

"我原来还以为活版印刷是一种很老气、很陈旧的东西,根本不是啊。"

遥海说。

"是的呀。现在一看,反而感觉很新鲜呢,也很有质感。因为铅字印出来的东西本身很有氛围,所以就算设计很简洁,也显得很有魅力,而且还有很多意想不到的可能性。"金子先生兴致勃勃,"你们想做什么样的节目单呢?啊,并不是说一定要在三日月堂做……"

"说实话,还什么都没有决定呢……"

三咲苦笑了一下。

"但我觉得活版印刷好像很合适。"

遥海说。

"朗读也是只有声音的世界,所以只印文字说不定更耐人寻味呢。"

"声音和文字。的确是不错的组合。"

三咲也点点头。

"我想了一下……"弓子小姐说话了,"能够把朗读原封不动带回去的东西,会不会更好?"

"把朗读原封不动地带回去?"

遥海问道。

"是的。抽出作品的一段,印刷几行。过

后再看到这些,就能回想起大家的声音来。"

"这个主意不错啊。"

金子先生说。

"只印大家认为最重要的部分,也许印象更深。"

"费用大约需要多少?"

三咲问道。

"根据纸张的尺寸和种类,以及文字的数量有所不同……还有,大约要印多少张?"

"最多七十份左右吧。"

明信片的尺寸,双面印刷,很快算出了大致的报价。

不是付不起的价格。

我们说考虑一下,便离开了三日月堂。

5

大家一起排练了几次,后半部的朗读角色也已定好。我负责《法国梧桐路三巷》的女人、《熊绅士》的熊、《今日有雪》里的几只狐狸……

哪个角色都很难,尤其是《法国梧桐路三巷》里的乘客。我很没有自信。失去两个幼小孩子的悲伤,看到烧毁的原野时的心情,我没有信心扮演好这个角色。

我觉得爱菜会读得更好。可她却说"这里小穗来读更合适",不肯让步。

"为什么呢?爱菜读得更好。"

"理由我也说不出。不管怎么说,我就是

觉得小穗读更好。"

也许是因为我说过我喜欢这个故事吧,正因如此,就想要更准确地传达给大家。富有表现力的爱菜来读,更能恰如其分地传达给听众。可是,三咲和遥海也都说"这里小穗读更好"。

我在家里反复练习。可是,唯有这个乘客,怎么练习都不知如何读好。

五月的最后一个星期天,我们说好到黑田老师家,请她听听我们的朗读。

我们在沿河一排独栋建筑里,找到有"黑田"门牌的房子,按了门铃。然后,我们被带到对着院子的起居室,坐在沙发上。树叶缝隙里透出的阳光,忽闪忽闪地摇曳着,十分恬静。

《小小的乘客》《运气好的故事》《白色的帽子》。读了几段,我稍微看了看老师。老师绷着脸,一直闭着眼睛。那是还不行的表情。

脑子里骨碌骨碌乱转起来。这种状态还能

读下去吗?下面就是《法国梧桐路三巷》了。

还不如不看呢,不如不看老师的脸色。

"法国梧桐路三巷。"

三咲读标题的声音响起。接着是我,乘客的话。

"请去法国梧桐路三巷。"

声音颤抖着。

出租车朝白菊会馆开去。

捧着剧本的手在颤抖,心脏"怦怦怦"越跳越激烈。

乘客进到小房子里,过了一会儿出来了。

"那一带呀,过去安静得连云雀的叫声都听得到。可是……1945年的春天,'大空袭'开始了。"

啊,有点不妙。镇静,深呼吸……我在说给自己听,可心情很浮躁。

"总算逃到了林道公园,可背上的孩子、抱着的孩子……"

"乘客沉默了一会儿,才说——"

"已经死了。"只能这么读。然而,声音

却出不来。

"对不起。"

我用剧本捂住了脸,蹲在那里。

"小穗,你怎么了?"

黑田老师担心地问。

"对不起,我怎么都……读不好。"

我小声回答。真想消失算了。

"我很想好好读,想传达给大家。可就是不行。"

"我跟你说……小穗。"老师叹了一口气,"谁都会有不知如何读好的时候。"

"黑田老师也有这样的时候?"

三咲问。

"有啊。我有时会苦恼,不知道这个人物抱有什么样的心情;还有时虽然知道,但不知如何去演绎。能够想象别人的心情与能够去表演出来是两回事。"

"是啊。"

"但是,最后只能靠自己来决定怎么朗读。

我们不像演话剧那样有导演,所以最后全部要靠自己来把握。"

听了这话,我恍然大悟,猛地抬起了头。

"说到底,登场人物真正的心情我们谁也不知道。我们不是作者。嗯,或许作者也不是什么都知道。完美的解答,是不存在的。"

老师"扑哧"一声笑了。

"小穗,你觉得这个场景很重要是吧?"

"是的。练习的时候也是,总是想哭。"

"那就是被这些语言震撼了啊,小穗的心已经好好地理解了这个人的心情。"

"是那样吗?"

"至于表演,又是另外一回事。"老师一直注视着我的眼睛,"没有什么'这样读会更好'的方法,也没有仅此一种的正确读法。如果是那样,机器也能读好。小穗是要把自己内心那个人的声音传送到外部,大家就是来听这个的。"

我内心那个人的声音?我还不太明白,呆呆地注视着剧本。

"还有一个月零几天啊……"老师抱起胳膊,"嗯,还来得及。总之,今天先来练习吧。我要严格训练你们了哟。"

说完,老师愉快地笑了。

离开老师的家时,天已经全黑了。结果从中午过后整整五个小时,我们基本上没休息,一直进行朗读训练。出了老师的家门,我们四个人都精疲力尽,默不作声地走着。

"我能读好吗?"

我垂着头自言自语。

"能读好的。"

传来爱菜的声音。

"我想了想,"爱菜平静地说,"小穗比谁都更积极去挖掘作品的内涵。就像黑田老师说的那样,我太拘泥于固有模式,孩子这样、年轻女人这样、老奶奶这样。分成几个模式,动不动就想要套用。我一直在想,应该像小穗那样,一边摸索一边读。"

"是吗?"

我不由得反问。

"大家都有烦恼。"

爱菜说。

"老师说我,不够投入。"

遥海嘟囔了一句。播音员出身的遥海朗读很流畅,但经常被指出感情的起伏不够到位。

"说我……过于直白。"

三咲叹了一口气。

"虽然总是被这么说,但被说是过于直白……还是会很泄气的。"

"黑田老师一激动起来,是毫不留情的。不过还不至于直白吧。"

遥海哈哈大笑。

"遥海你笑什么呀?"

"啊,抱歉。只是有点……想起刚来听讲座的时候,被黑田老师说的话,跟那时候一模一样。"

这么一说……爱菜受表演模式的束缚;遥海过于流畅,缺乏深度;三咲太认真,不够丰满;我的声音出不来。

——要向听众敞开心扉。不能只停留在剧本和自己的世界里。

不知被说过多少次了,但还是不知如何是好。烦恼至极,想的都是不行,读不好,想放弃。可是……

——不过,小穗想深入探索作品内涵,我能明白。那也十分重要。

当时,老师说着,"啪"的一下拍了我的肩膀。

"我们跟那时完全没有改变。"

"真的啊。自己觉得有点进步了,其实完全没有改变。"

三咲和遥海也笑了。

"不过很开心。"

爱菜小声冒出一句。

"嗯,很开心。刚开始学习的时候,仅仅是想着也许会对工作有所帮助,现在觉得朗读本身很愉快。"

三咲笑了。

"就是所谓的心灵得到了解放吧?就像画

画、唱歌时一样,有种心灵在跳跃的感觉。"

遥海说。

"能够投入进去了。如同回到了童年,飞到另一个世界,变成另一个人,在另一个世界里活着的感觉。"

爱菜仰望着天空。

"而且,'果然不行''还想读得更好'之类的懊丧心情,长大成人之后就会忘记。心也会变得迟钝。但是,朗读的时候,有一种完全暴露在人面前的紧张感……虽然害怕,但似乎能够感觉到自己是活着的。"

三咲说的话,令我心头一震。

虽然害怕,但是有活着的感觉。三咲也害怕吗?

"小穗就按照小穗的读法读好了。"

三咲莞尔一笑。

"而且呢,朗读会又不会要人的命。"

遥海哈哈大笑。

"是啊。"

我也笑了笑。

"三咲有三咲的灵魂,遥海有遥海的灵魂,小穗有小穗的灵魂。听声音,就能感受到这些。"

爱菜感叹了一句。

"灵魂?"

遥海歪着脑袋。

"对,灵魂。灵魂变成声音飞翔。朗读大概就是这样的事情吧?"

"爱菜像个诗人啊。"

遥海笑了。

"这么一说,我想起来了。我读过这样一句话,说是在古希腊,呼吸、灵魂和蝴蝶都是同一个词。"

我说。

"什么?"

爱菜歪着脑袋。

"普赛克。"

和罗马神话中被丘比特用箭射中的姑娘的名字一样。呼吸、灵魂,还有蝴蝶。

"好美啊。变成了声音的词语,像蝴蝶一

样，忽闪忽闪在空中飞舞。"

爱菜闭上了眼睛。

"对了，要不就把它作为我们团队的名字吧！"

遥海说。

"普赛克？"

三咲问。

"不是，我是说日语的'蝴蝶'。"

"汉字有点硬，用平假名的'ちょうちょう'怎么样？"

"柔和一些，不错。"

"还有，蝴蝶不是有四只翅膀吗？我们也是四个人。"

"真的啊。正合适。那就决定叫'ちょうちょう'了！"

遥海兴致勃勃地说。

"还有呢，节目单我还是想委托三日月堂来做。"爱菜说，"用打印机做当然会更便宜一些，但我还是想精心制作。我很想看看用三日月堂的铅字印出来是什么样子的。"

遥海和三咲也点点头。我当然也是同样的心情。

"印刷的段落要不要从《法国梧桐路三巷》里选？"

三咲说。

"回到出租车的乘客讲述空袭的场面……"

爱菜静静地自言自语。

"我也觉得那里好。"

"还有很多感人的场面呢。如果是宣传小册子或是请帖就简单了，但还是想要选一个能成为切入口的段落。朗读会结束后还想要再次回味的，我觉得就是这里了。"

三咲果断地说。

我觉得大家意见已经统一了。大家都觉得这部分重要，而这么重要的段落交给我来读，任务虽然很艰巨，但我好高兴。我想，不是一个人读，而是大家一起读。

考虑着明信片版面的大小，最后确定了摘录的段落，然后与背面要放的内容一起用电子邮件发给了三日月堂。弓子小姐马上发来回复，大致接受了我们的请求。首先要排版，然后再商洽。

过了几天，在下班后走到一番街时，我猛然想起了三日月堂的事。不知节目单怎么样了？惦记着这事，我决定顺路去看看。

推开门一看，弓子小姐正仰望着铅字架。

"那个……"

"啊，小穗小姐。"弓子小姐看向我，"怎么了？"

"没什么，我在想不知节目单怎么样了？"

"稍等一下。其实我现在正在拣铅字呢，就是为了做大家的节目单……"

弓子小姐一边说，一边从架子前横着走过。左手拿着一个细长的金属箱子和纸，右手从架子上拣铅字。

我凑近看弓子小姐手里的东西。看上去像箱子，其实不是。而是可以调整位置的有隔层的金属板，里面整齐地摆着一排排铅字。

手里一起拿着的是用电脑打印的一张纸，

是我发来的内容。弓子小姐一边确认着纸上的字,一边以惊人的速度从架子上抽出铅字,摆在金属板框里。

"这个是……"

我指着弓子小姐手里东西问。

"这是排版板框。一般会先往一个叫文选箱的木箱里放待用的铅字,不过这回内容没有那么长,所以直接摆在板框里了。"

弓子小姐的视线从架子上滑过,选出目标的铅字。只见她稍微倾斜板框,让铅字靠着一边的隔层,同时用拇指按住铅字,防止它们歪倒。

铅字之间没有缝隙,紧密地排列着。摆完一行之后,放一块旁边架子上的细长板条,再开始摆下一行。

"那块板条是做什么的?"

"这叫铅条。印刷出来的文字,行与行之间不是有一定空间吗?就是因为夹了铅条。铅条是铅字的二分之一的宽幅。换行时,如果下面还有空白的地方,就会放入夹条。这样就可以留白了。"

"啊，原来如此。不能出现缝隙啊。"

有缝隙的话，铅字就会倒塌。要排列得紧凑才行。

"那边的就是夹条。"

弓子小姐的视线前方，摞着许多存货箱，箱子里四方形的小金属块堆积如山。

"真多啊。"

"每个箱子里的夹条尺寸都不同哦。因为文章里面的空白处有长有短，需要各种各样不同尺寸的夹条。铅字每印刷一次都会损耗一点，但是夹条和铅条不会损耗，所以可以长期使用。这些全部是祖父在的时候使用过的东西。"

弓子小姐把板框放到台子上，一边从两边按住，一边拿起铅字块。

"哇，那样能行吗？"

细细的一摞铅字，中间会不会掉下来？我捏了一把冷汗。

"我按着呢，不要紧的。"

弓子小姐笑了。她把铅字放到台子上，又从架子上拿出纸。

"背面已经排好版了。"

弓子小姐把细长形的纸放到桌子上。

"最初想按照明信片的尺寸，后来想留点余地，就做成了这个大小。是A4纸叠三折的形状，费用差不多。"

蝴蝶朗读会
车的颜色是天空的颜色
阿万纪美子 作

一看到这些文字，我心里感慨万分。蝴蝶朗读会，我们的朗读会。黑色的字迹一个个清晰鲜明地刻在上面，如同可以听到静静的朗读声。

"怎么样？这样的形式可以吗？"

"嗯，我觉得很好。看着很舒服，而且很漂亮。纸的尺寸也合适。"

"太好了。剩下就是请仔细检查有没有写

错的地方，我也会确认的，毕竟是一个一个拣铅字排列的。"

是这样啊，我再次感到不容易，与用电脑起草文件不同。演出的节目名、朗读者的姓名、朗读会概要，都要反复检查有没有错误。

"今天小穗小姐来了真是帮了大忙，其实我正好有点苦恼摘录的内容要怎么排版呢。"

"你是指文字的排列吗？"

"是的。如何设置字号、行间距，还有周围的留白？空间很充足，可以有多种排版方法。思来想去，还是觉得正统的排版方式好……"

弓子小姐抬头望着天花板。

"我祖父总是说，印刷品一定要干净，而且要透明。"

"干净、透明？"

"干净"能明白，可是"透明"是什么意思？难以理解的词语令我困惑。

"印刷品是向读者传达语言的工具。如果有油墨洇了的地方或是印偏了的地方，读者的目光就会停留在那里。所以,一定要干净。还有,如果排版过于讲究形式,文字本身太夸张醒目,就会使读者意识到有文字在那里。为了让读者关注内容本身,所以不能让文字太受瞩目。"

我似乎明白了一点。

"以前的工匠,一直追求没有洇污、飞白和杂点的印刷。虽然现在有人说,凹陷一点、格线歪一点、文字偏一点,有洇污和飞白会更有味道。以前的工匠听了这话一定会觉得奇怪,说不定还会发火。他们会说,难道手艺差还很好吗?"

弓子小姐笑了。

"如今的胶版印刷实在是干净又透明。不过,文字真的都是千篇一律之感,总觉得哪里有点美中不足。即使不懂活版的年轻人,也会觉得活版印刷很新鲜。"

"我也是看到那个请柬时想到的。怎么说呢?很……温暖,也很有质感。可以想象得到是由人手工制作的。"

"我祖父制作的印刷品完全没有凹陷,也没有洇污和飞白。但跟现今的胶版印刷又不同。"

"为什么会不同呢?"

"排版需要排列大量的铅字。印刷厂里的铅字都是同一种字模做的,比如说'の'就是'の'的形状,都按照相同的形状制作。不过,既然是作为物质的复数存在,所以完全相同是不可能的吧?"

"也就是说,有肉眼看不到的微妙差别,对吗?"

"是的。因为不是数据,而是'物体'。活版印刷还有各种各样的特性,虽然很难说清楚理由是什么,但活版的文字的确很有质感,能感觉到事物存在在那里。"

弓子小姐轻轻抚摸着台面上的铅字。

"不过,也不能过于突出文字的存在。要干净且透明。二者兼得很难。"

一本正经地说完之后,弓子小姐笑了。

"大家的节目单也是,从书上引用的部分,

我想尽量凸显内容。所以，开始想用与普通书籍的文字相同的字号、上下左右平均一致的形式来排版。但那样是否真的合适？我一直无法确定……"

弓子小姐望着我。

"对了，小穗小姐既然来了，要不要试着排列一下铅字？"

说完，弓子小姐把板框和纸递了过来。

"我能行吗？"

"可以的。刚才排到了这里，接着从这里开始排。"

弓子小姐指着纸上一行字的开头。

> 不过，只要一想起儿子，我就有一种回到年轻时代的感觉……真是有意思啊。

这是我们摘录中的最后一段。

"这个故事真棒。"

弓子小姐喃喃自语。

"是啊。可是直到现在我还不知道该怎么

朗读才好……这个故事，我要读乘客。我预想了一个朗读的模式，实际读起来，总觉得完全不对……"

"太不可思议了。"

弓子小姐微笑着说。

"书里只有文字，并没有色彩、形状和重量。但是，那些语言在我们的心里赋予了色彩、形状和重量。"

"是啊。"

"语言也许是种子。"

"种子？"

"虽然很小，但播种后会生根、发芽、长叶、开花……小小的种子里蕴含着树木与青草。"

"可不是嘛。"

正因为是小小的种子，所以才能装进书这么小的容器里，然后播撒到我们的心里，发芽，长成大树。

"因为在人的心里，有这个人的声音。当他读书的时候，仿佛就能听到这个声音。但想要抓它时,又没有实体存在。"

"把语言变成声音真是很难呢。"

弓子小姐说。

"我本来就不擅长在别人面前讲话。开始学习朗读,就是想克服这个毛病……"

"是这样啊。"

弓子小姐眼睛睁得圆圆的。

"对,朗读很愉快。要考虑怎么朗读,比写感想更能深入阅读作品。与其他成员互相交流阅读感想,还会接触与自己不同看法的人,十分有趣。"

三咲、遥海、爱菜,思维方法和表现方式都不同。很多时候我都惊讶于原来还有这样的朗读方法。

"我也喜欢听大家的朗读,自己出声读也很开心,但是在众人面前开朗读会就……"

我叹了一口气。

"是这样吗?"

弓子小姐呵呵笑了。

"因为我没有她们三人读得那么好。爱菜

是表演专业出身,遥海是专业播音员,三咲是学校的老师。她们的声音都很有魅力……"

"我觉得小穗小姐的声音也很好听哦。"

"欸?"

"虽然不是那种清澈的声音,但是很浑厚、深沉。我觉得与故事里的乘客的声音很相符。"

"是吗?"

我从小就讨厌自己的声音。无论是声音还是发音。

"呼——"叹了一口气之后,我站到了铅字架前。

"不""过"",""只""要""一""想""起""儿""子"。

我拣出一个个小铅字。看弓子小姐拣得"嗖嗖"快,没想到我来找目标的铅字竟需要很长时间。

板框里一行铅字的长度是设定好的,排满后用夹条换行。

真是不可思议啊。铅字明明就在这里,但却没有"句子",也没有"意思"。即使用铅字组成了句子，打乱后，又成了原来的一个个铅字。然而，印出来的文字，可以浮现出思想，浮现出声音，仿佛那个人就在那里。

排完后，我把板框交给弓子小姐。弓子小姐使劲儿按了按，把铅字弄整齐，摆到台子上，然后与之前排好版的部分合起来，安装在一个金属的大框子里，最后把四周用螺栓拧紧。

"试着印印看吧。"

弓子小姐说。

"这样就可以印了吗？"

"可以了。"

弓子小姐点了点头，就把排好的版安装到之前说的手动式平压印刷机上。

接着，弓子小姐把油墨抹到上方的圆盘上，拉了一下控制杆。滚筒转动起来，油墨摊开了。放上试印用纸，用力拉下控制杆。纸上浮现出字迹来。试着印了几张之后，放上了白纸。

"来吧，请拉一下控制杆。"

在弓子小姐的指示下,我握住控制杆,使劲儿拉了一下。好重啊。一直拉到极限的地方,然后慢慢退了回来。

"啊,印出来了。"

文字排列着,安静又美丽。

干净且透明。不仅如此,还非常有质感。

　　松井看见了那条法国梧桐路,长长的两排树上的大叶子冒出火苗,烧了起来。红屋顶和绿屋顶的小房子,也被可怕的、橘黄色的火焰吞没了。

城市在燃烧。我读着心里很痛苦。读旁白部分的三咲一定也很痛苦。读松井的遥海也很痛苦。看着文字,耳边回响起大家的声音,眼泪忍不住要涌出来。

"这样不知行不行?字号、行间距、留白……如果有觉得不合适的地方,请尽管说。我可以重新排版。"

弓子小姐说。

"不，我觉得这样就很好。细长的纸，可以有很多留白……非常棒。干净又透明。跟你说的一模一样。"

"真的吗？谢谢。"

弓子小姐舒了一口气。

做了四份双面印刷的文稿。弓子小姐说等我们确认之后，再做一些微调，就可以正式印刷了。

弓子小姐为我沏了茶。环视着安静的印刷厂，我想起第一次来这里朗读的情景。

那时候，不知为什么眼前会浮现出印刷厂繁荣时期的情景。工人众多，各处的机器都在转动。

"那台大印刷机不再运转了吗？"我指着屋子中央的巨型机器问。

"不，还能运转。因为祖父退休时仔细擦干净，用罩子盖上了。但我一个人无法操纵这台机器。祖父总是说，你一动就会弄坏的……"弓子小姐笑了，"不过……"

"怎么了?"

"啊,没什么……我只是在想,祖父已经不在了。"

是有些凄凉的笑容。我想,自己问了一个不该问的问题,就不再说话了。

"不然开动一下试试?"

我被她意想不到的话语惊呆了。

"宝贵的机器不可以弄坏,我一直是这么想的。祖父也总是对我说,不许碰。但是,祖父已经不在了,我是这里的主人。"

弓子小姐盯着印刷机。

"机器弄坏了就不能用了。但是一直这么摆着无人使用的话,也是一样吧。况且,要想用大版一次大量印刷的话,非得操纵那台机器不可。"

弓子小姐环视着屋内,笑了笑。

"不能只是满足于现状,要拓展一切可能性。活版印刷机还没有做出新的东西。只有充分利用现有的机器。所有者不使用可不行。"

"说得对。"

"就算弄坏了,祖父也不在了,没有人会骂我的。"

弓子小姐呵呵笑了。不知为什么,我的心揪住了。

"只能我自己决定。因为这里现在是我的工厂。"

只能自己决定。

是啊。不知为什么,我忽然浑身乏力。

——最后只能靠自己来决定怎么朗读。

——小穗就按照小穗的读法读好了。

——朗读会又不会要人的命。

老师和大家的话在我脑海里回响。

我既不是老师,也不是三咲、遥海和爱菜。

只有按照我自己的读法来读。

——没有什么"这样读会更好"的方法,也没有仅此一种的正确读法。如果是那样,机器也能读好。小穗是要把自己内心那个人的声音传送到外部,大家就是来听这个的。

——三咲有三咲的灵魂,遥海有遥海的灵魂,小穗有小穗的灵魂。听声音,就能感受到这些。

也许这样就可以了。

声音、灵魂、蝴蝶。

"对了,小穗小姐。我忘记说了,朗读会我会去的,金子先生也说要去。可以预留位子吗?"

"可以的,谢谢你。"

我高兴得连连点头。

6

我把试印的样稿寄给了她们三人。大家都很满意的样子，确认了没有错别字之后，立即委托弓子小姐开始正式印刷。

六月的最后一个星期天，我们在三日月堂拿到了节目单。

印刷十分完美。

端庄大方、无懈可击，并且刚劲有力。

大家久久地凝视着节目单，无法用语言表述此刻的心情。

跟弓子小姐道了谢，我们朝黑田老师家走去。大家都各有所思吧？我们默默地走着，一路上谁都没有说话。

今天要按照正式演出那样，从头到尾排练一次。

我们按次序上台，行礼，望着观众，然后打开剧本，开始朗读。虽然是已经听惯了的三人的声音，不知为什么，今天听上去会觉得与往常不一样。《小小的乘客》《运气好的故事》《白色的帽子》，最后是《法国梧桐路三巷》。

　　进到小房子里的乘客又回到松井的出租车里……

"那一带呀，过去安静得连云雀的叫声都能听得到。可是……1945年的春天，'大空袭'开始了。

"七月'大空袭'的时候，三十架B29轰炸机在城市的上空盘旋，投下一颗颗燃烧弹。四处燃起了大火，整个城市都成了一片火海。

"两个三岁的儿子，我背一个，抱一个……对，是一对双胞胎……我拼命地逃……总算逃到了林道公园，可背上的孩子，抱着的孩子……"

"乘客沉默了一会儿,才说——"

"已经死了。"

"松井看见了那条法国梧桐路,长长的两排树上的大叶子冒出火苗,烧了起来。红屋顶和绿屋顶的小房子,也被可怕的、橘黄色的火焰吞没了。

"所有的房子都被烧光了,第二天早上,漆黑的焦土上就剩下一幢孤零零的白菊会馆了。

"见是红色的信号灯,松井刹住了车,然后说——"

"如果您的儿子还活着的话,有二十五岁了吧?正好和我的弟弟同岁……"

"不,司机。不管过了多少年,我的儿子们也只有三岁。只有我这个妈妈在变老。

"不过,只要一想起儿子,我就有一种回到年轻时代的感觉……真是有意思啊。"

耳边传来一个陌生女人的声音。啊,就是

这个声音,我想。每次读这个故事的时候,都会在脑海里回想的声音。

瞬间过后,我才发觉那是自己的声音。

"大家都有了很大进步。发生了什么事情吗?"

"嗯,噢……也没有什么特别的……"

三咲支支吾吾地说,我们四个互相望了望。

"那大概就是年轻的特权吧?"

老师呵呵笑了。

"对了,这个——"遥海从包里拿出节目单,"朗读欣赏会的节目单,今天刚刚拿到。"

接过节目单,老师"啊"地惊叹了一声,抚摸着节目单的正面。

"好漂亮啊。这不会就是活版印刷吧?"

"是的。川越有一家活版印刷厂,我们委托那里制作的。"

遥海高兴地回答。

"川越有活版印刷厂……"

老师露出意外的表情,又翻过来看节目单

的背面。

"不过,只要一想起儿子,我就有一种回到年轻时代的感觉……真是有意思啊。"

听到这个声音,我不禁一愣。原来是老师的声音。

"《法国梧桐路三巷》也是我很喜欢的作品,"老师深深叹了一口气,"是我打算朗读的作品。"

"是这样啊?"

看到我很惊讶,老师点了点头。

"我奶奶跟这个故事里的乘客年龄相近,在战争中失去了丈夫。上年纪后,奶奶的眼睛看不清东西。以前她很爱看书,所以经常让我念书给她听。这本书,我也给她读过……"

老师手边放着一本旧书,是《车的颜色是天空的颜色》。

"有一回,奶奶说给我读读这个吧,说她很喜欢这个故事。因为是一本童书,所以我就以一种很轻松的心情开始读。可是,当来到法国梧桐路……"

老师叹了一口气。

"读到空袭的场面时我哭了出来,我无法读下去。再一看奶奶,奶奶也哭了。我从来没有见过奶奶哭,因为她是一个很坚强的人。一个人把孩子们抚养成人,从未叫过苦。这时奶奶却痛哭流涕,还笑着说,好难为情。"

老师眼角渗出了泪水。

"奶奶希望我来给她读,因为读一读,可以让别人懂得自己的心情。那时我正好是你们现在这个年龄。"

法国梧桐路红色和绿色屋顶的小房子,被烧成了黑色和褐色的焦土。

川越虽然没有遭到空袭,但在我们脚下有悲伤的烙印。

"所以,我很希望让你们来读,让年轻人和他们的孩子来听。朗读不能只有朗读者,是需要与听众一起进入的世界。这就是朗读的意义所在。"

老师说完,久久凝视着节目单。

"真的好漂亮啊。宁静、清澈。"

我们四个点了点头。

选择了朗读，真好。

能够与老师和大家相遇，能够有讲述这些事情的伙伴。这真的是一件很了不起的事情。

——不能只是满足于现状。

弓子小姐的声音在耳际回荡。她说得太对了。当可能性拓展时，世界也随之广阔。

就差最后一步了。加油吧。与聚集而来的听众一起，前往故事的世界。

在一行行、一个个黑色字迹里，仿佛可以听到有声音传出。

淡雪的痕迹

1

蝉在"知了知了"地鸣叫。好热啊。

今天是星期六,我无所事事,想着到外面走走,也许会遇到什么人。我不知不觉来到了外面,却谁也没有见到。

天气太热了,在外面这么待下去,肯定会被烤化的。闲着也好怎么也好,我只想尽快回到有空调的房间。不过,回到家里,也肯定要被妈妈说,先做作业。

我属于天没黑就不会做作业的人。我说过多少遍了,可妈妈还是不明白这一点。

"田口同学,你在干什么呢?"

听到声音,我回头一看,是中谷老师。中

谷三咲老师,我们的班主任。

"没干什么,只是在这里闲逛。我家就在前边。"

我指了指狭窄的小路前方。

"噢,是这样。今天好热啊。梅雨季节一过,天气突然热起来了。"

中谷老师从包里掏出手绢,擦了擦汗。

"中谷老师,在这里干什么呢?"

想想看,休息日能在校外见到老师很稀奇。

"嗯,我今天在这一带有点事儿。啊,对了,代我跟你妈妈说,上次谢谢她了。"

"跟我妈?什么事啊?"

"上次你妈妈不是来听我们的朗读会了吗?跟故事会的人一起。"

"啊——"

是那个啊。我妈妈参加了小学"故事会学习班",上次去听了中谷老师她们的朗读会。

"说是很棒呢。"

"真的?"

中谷老师脸上露出了笑容。

"说中谷老师和老师的朋友都很棒。"

——是广太也能理解的内容哟。喏,《白色的帽子》,四年级国语教材里不是有吗?广太不是也出声朗读过的吗?

——啊,就是蝴蝶变成夏橘的那个吧……是有一个那样的故事。

——会场也很漂亮,中谷老师好帅气哟。优菜也跟妈妈一起去了。我要是也带广太去就好了。

——啊?不,我就不必了。

在家里有过这样一段对话。其实对中谷老师登台这件事,我还是有那么一点点兴趣。优菜第二天也说很棒。

不过,我去听,还是有点那个……在那种安静的场合,我中途肯定会胡闹捣乱的。

"真高兴啊。请代我跟你妈妈道声谢。"中谷老师说,"今天我要到给我们制作节目单的那家印刷厂去道谢。"

"啊,就是这么大的一个东西吧?"

我用双手的拇指和食指做出一个细长的四

方形,比画着说。

"是的是的,就这么大。"

中谷老师也用手指做了一个同样大小的四方形比画着,"扑哧"一声笑了。

这么一说我想起来了,妈妈几次拿出那张纸来,爱不释手地端详着。

——那叫活版印刷。

——嗯。

我不知道什么是活版印刷,只觉得跟一般的印刷有点不同,大概是一种很特别的印刷吧。我没往心里去。

"那好,再见。"

中谷老师挥了挥手。

"啊,好的。"

我鞠了一个躬。当我抬起头时,中谷老师已转身走了。望着她的背影,我有点想一探究竟,决定悄悄跟在老师后面去看看。

老师说她要去的那个叫活版印刷的印刷厂,到底是什么东西,我有点想知道。而且现在也没什么事,反正也是闲着。为了不被发现，我和老师保持着一定距离，跟在她后面。这就是所谓的跟踪吧？我的心怦怦直跳。

老师在鸦山神社附近的一座白房子前停下脚步，打开大门走进去了。门上镶着玻璃，靠得太近会被发现，于是，我藏在稍远一点的暗处，朝门里边张望。

"那是什么啊？太厉害了。"

我吃了一惊。玻璃门里边，整面墙的木架子，被一些特别特别小的四方块塞得满满的。好像是一些很旧很旧的东西，却显得超级酷。

我很想再靠近一点仔细看看。正当我过了马路，想凑近时，发觉门里有个人在走动，是个女人。除了老师之外，还有几个人。

"哇——"

我不由得逃了回来。虽然暴露了也没什么，但不知说什么好。总之，我先跑着逃了回来。

跑了几步，我心想，这里竟然有那种东西，我一点都不知道。

第二天，我又一个人来到那家印刷厂的前

面。今天中谷老师不会在里面,我很想知道昨天看到的那个惊人大架子的真面貌。

玻璃门旁边有一块广告牌,上面写着"活版印刷三日月堂"。

店铺里有点暗。我把额头贴在玻璃上,朝里面张望。

"哇,好酷啊。"

不光是昨天看到的那面墙的架子,整个屋子的架子上全部填满了四方形的小铁块,而且还放着一台看上去十分古老的大机器。

"太酷了!"

不知是不是铁的,但一定是用很重的金属制造的,上面有很多齿轮、螺栓一类的东西,简直就像博物馆里看到的古老机器。

那是干什么用的呢?

我正这么思考着,不知什么东西动了一下。里面有人,是个女人。比我妈妈年轻,大概跟中谷老师年纪差不多。她围着围裙,扎着马尾辫,正在摆弄一个有圆盘的机器。

只见她使劲压了压机器侧面的控制杆,蹲

下身从下面取出小纸片,然后把一张新的纸片放上去,又压了一下控制杆。

不知怎的,我的心怦怦直跳。

这样啊,这就是活版印刷啊。用那台古老的机器印刷,看上去好重啊,跟家里的打印机截然不同。

太棒了。我看着那个女人。她正很老练地在印刷呢。背影跟妈妈很像,胳膊也很细。看不出是一个能够操纵那么沉重的机器的人。

女人抬起头来,光线透过窗户,照在她的脸上。皮肤很白,身材瘦瘦的,眼睛也很漂亮。我心脏怦怦跳着,离开了玻璃门,朝家里跑去。

2

暑假到了。不过因为补习班有暑期讲座,所以我不能像去年那样整天玩儿了。

四年级之前还是很自在的。补习班回来的路上,我一边从公园前走过,一边这么思考着。那时,我跟裕太、宗介和小翔他们从早到晚一直在这里玩耍,说是要建造秘密基地,把各种各样的东西运到树丛里来。

还有一段时间,我对爬树走火入魔。其实也没有什么太大的乐趣,只是拿着点心和饮料爬到树上,就觉得很开心。啊,后来是因为发现树上有很多毛毛虫,才不再爬了吧。

这么说来,公园里也有很多虫子。还有一

段时间，我喜欢收集蝉的脱壳和残骸。下完雨后，会有很多蚯蚓死去。我们把那些叫作蚯蚓木乃伊。那些好恶心啊，干枯了之后，会招来成群的蚂蚁。而且，里面干瘪瘪的，虽然像房屋一样分隔开来，但是查看一下才发现，里面是空的，什么也没有。它们是怎么生存的？想想就觉得好可怕。

裕太参加了足球队，宗介加入了棒球队。我和小翔进了补习班，没什么机会在外面见面了。看看公园，也只有一些更小的小孩子。我默默地走过，决定去看看三日月堂的情况。

从那以后，经常是一有空，我就跑去观察三日月堂。大姐姐总是在店铺里，总是一个人从架子上取东西，再到桌子那边去，或是操纵有一个圆盘的机器。

放假前，在学校里，我向中谷老师询问了活版印刷的事情。

"现在有了电脑，但以前是靠排列一些叫铅字的小方块印刷书籍的哟。虽然这么说，但那是连老师也不知道的很久以前的事情了。"

中谷老师这么说着，给我看了照片。那是三日月堂内部的照片，密密麻麻摆满铅字的架子排列在那里。还有印刷机和大姐姐的照片。大姐姐的名字叫弓子，也是听中谷老师说的。

那个架子就是铅字架啊，现在是在排铅字吧？我一边回想起中谷老师给我看的照片，一边思考着。因为曾经和弓子小姐的视线相撞，那种时候，还是先逃走为妙。

我站在三日月堂前，正要朝里面张望，门突然开了。

我不由得急忙躲开。一个男人从里面走了出来，看上去跟爷爷的年龄差不多。他对着店里说了一声"那就拜托你了"，就关上门离开了。我呆呆地站在那里，望着那个人远去。

"喂，小弟弟。"

身后传来一个女人的声音。我回过头去一看，哇，原来是弓子小姐站在那里。

"啊，对不起。"

我准备逃走，急忙道歉。

"你经常来这里吧？"

"啊,啊,对不起。没,没什么……"

我想说,自己不是什么可疑的人,但又不知道这么说合不合适,于是干脆闭嘴了。

"你是不是对印刷机有兴趣啊?"

"啊,唔……"

是有兴趣,可不知为什么,又觉得这么回答有点不好意思。

"想进来看看吗?"

弓子小姐弯下腰,平视着我的眼睛说。

"啊,不,不要紧。"

听我一说,弓子小姐笑了。

"不要紧?什么不要紧啊?"

这么说来,姨妈也这么说过我。当被问到"要喝茶吗"的时候,我回答"不要紧",是想说"不要了"的意思,可姨妈却问我:"要?还是不要?"她说,"现在的孩子,动不动就说'不要紧'。"说完就笑了。

"嗯,嗯,不进去,也不要紧的。"

最后的声音,变得很小。

"不用客气。进来看一眼好了。"

弓子小姐打开了门。哇！从门外看到的世界，就展现在自己面前，我一下愣住了。密密麻麻装满铅字的架子，古老的巨型机器。这有点……嗯，相当酷。

我把头探进门内，环视了一下屋子里面。

这全部是……字？

架子上满满的铅字，如同要朝我倾泻过来。

"太厉害了，好酷啊。"

魔法师……不，炼金术师？总之非同寻常。

——以前是靠排列一些叫铅字的小方块印刷书籍的哟。

我想起中谷老师的话来。排列铅字？……不会吧。就是说，要把这里摆着的小方块一个个排列成文章吗？一本书的量？

"活版印刷，难道就是排列这里的铅字来印刷吗？"

听我这么说，弓子小姐露出惊讶的表情。

"你怎么知道的？"

"啊，听中谷老师说的。她是我的班主任老师……"

"中谷老师,你是说三咲小姐吗?"

弓子小姐更加吃惊了。我点了点头。

"是啊,三咲小姐说过,她是学校的老师,五年级的班主任。你叫什么名字?我是月野弓子。"

我想说,我知道,但没有开口。虽然听中谷老师说了,但有点不好意思说出口。

"你会对中谷老师说吗?"

"说了会有什么不好的吗?"

我使劲摇了摇头。

"也没什么不好的……我只是那么觉得。我叫田口广太。"

"噢,你叫广太啊。"

弓子小姐呵呵笑了。

"是的,这里都是铅字。要这样一条条排列,你看,就是这样。"

弓子小姐递过来一个金属的盒子,里面密密麻麻排列着铅字和一种金属条之类的东西。

"好酷啊。"

"是吗?"

弓子小姐露出有点得意的神情。

"刚才的那个人是顾客吗?"

我想起刚才从店里走出去的那个男人,便问道。

"是啊。"

"他定制了什么?"

"名片。也不是定制……之前就预定过了,这次是来确认打样的。你看,就是这个。"

弓子小姐走到有一个圆盘的机器那里,机器是铁做的,看上去好像很重。

"这个是印刷机吗?"

"是的。说是印刷机,其实也就是一个像大图章一样的东西。这里不是有铅字吗?这样排列出来的,叫版。"

弓子小姐用手指了指机器的下方。

"把纸放到这边,拉一下机器侧面的控制杆……"

纸放到铅字的反面,拉一下机器旁边的控制杆,滚轮转动起来。

放着纸的一边猛地被紧紧吸到了铅字的

一边。

"你看,印出来了。"

再倒回控制杆,放着纸的那一边又回到了原来的位置上,纸上印出了字迹。

"真的啊。像图章一样。"

我看了看弓子小姐递过来的小纸片。

"是名片。"

姓名、地址、电话号码和邮箱,上面只写了这些。

"名片,我也在学校的电脑课上做过。"

"咦,你们还有电脑课?"

"有啊。现如今不会电脑,就没有办法工作吧?"

"哈哈哈,那倒也是。"

弓子小姐笑了。

"不过,这个人的名片,为什么没有写公司名呢?我爸爸说,名片是工作上使用的东西……"

爸爸的名片上写着很多字,有公司名,有商标,还有部门的名称,等等。而且地址和电话号码也不是家里的,是公司的。但是这个人的名片上,写的好像就是普通的家庭住址。

"是吗,广太的爸爸是公司职员?"

"是的。"

"所以你会那么想呢。不过,不是所有人都在公司里工作,世界上有各种各样的工作哦。刚才的那个人说,他原来是高中老师,已经退休了,现在他要做别的工作,所以需要名片。"

"别的工作?"

"天文台的志愿者。"

天文台,就是那种有大型望远镜,观测宇宙和星球的地方。

"广太做的名片是什么样子的?"

"校名、年级、班级、姓名,还放上了校徽……不过跟这个一比,完全不行。纸张轻飘飘的,字也不好看……"

这里的纸很厚,像画画用的纸一样有点硬实,而且印在上面的文字很鲜明,好酷。

"这里也制作小孩用的名片吗?"

"嗯，对孩子来说有点奢侈了吧……而且稍有些贵哦。"

弓子小姐笑了。

"还是会很贵啊。"

"不过，说起来，还真有人委托我做过'首张名片'。"

"首张名片？"

"是婴儿用的名片。作为祝贺出生的礼物，这孩子的姑妈委托我做的。地址、电话、姓，什么都没有。真的就是只有名字的名片。"

"哦——"

"'降临于世'，也许的确是人生的第一件大事，也是最大的大事吧。这个时候的赠礼，就是'名字'。大家出生后，一定都会得到一个名字。顾客说想赠送名片作为对这个名字的纪念。"

"但是，为什么只有名字呢？姓和地址不是也已经确定了的吗？"

"那个人说，人刚生下来的时候，两手空空，什么也没有带。渐渐地，姓、地址、头衔等这些附加的东西不断增多。"

"婴儿只有名字啊。那我是小学生,所以也只有姓和名字吧?"

"也许是。"弓子小姐呵呵笑了,又说,"如果是只有姓和名字的名片的话,过段时间,也许可以办一个体验工作坊。"

"体验工作坊?"

"这里经常举办。请大家来体验活版印刷,印好的东西可以自己带回去。不过,要自己捡铅字,自己排版,还要自己印刷哦。"

"用刚才那台旧机器吗?"

"是的,用这个印刷。很费力气的。"

弓子小姐用力拉下机器的控制杆。好酷啊,好想试一试。

"如果在暑假里可以印好的话,就可以作为'自由研究'的作业了。拍下实际制作的照片,整理出活版印刷的操作方法,再附上印好的名片,就可以成为作业了吧?我可以叫些朋友一起来。"

"是啊。不过,是需要费用的。你跟家里

人商量一下再决定吧。"

"知道了。而且说不定我妈妈也想试试呢。"

"不知暑假结束前能不能完成？我要考虑一下日程才行。"

太好了，我心想。这样，今年的"自由研究"就可以完成了。虽说需要钱，可我觉得是为了完成作业，妈妈也一定会同意的。

可以操纵那台机器了。

望着泛着淡淡微光的机器，我感到怦然心动。

3

星期天,妈妈出门了,我和爸爸两个人来到了川越水上公园。

这里有三座水上滑梯,一条漂流河,还有一个可以造浪的、像天堂一样的游泳池。因为是县营的,所以票价非常便宜。

其中,弯弯曲曲的管型滑梯特别好玩儿,我一连滑了好几次。爸爸也是,来之前还说他太累了,排太多队会腿酸,在漂流河里漂一漂就行,最后却所有项目都玩儿了一遍。

我们在游泳区的小卖部里吃了拉面和刨冰,又在直落滑梯上比了一会儿赛。直到快关门,我们才走出公园。我和爸爸互相说:"想玩儿的都玩儿遍了。"

回来的路上，我们顺便又去了一家休闲餐厅吃晚饭。

"是这样，爸爸有件事要跟广太说。"

吃完饭后，爸爸突然一脸严肃地说。

"什么事？"

"下个礼拜我们不是要去富山吗？"

"嗯。是去扫墓吧？"

爸爸老家的墓地在富山，所以每年盂兰盆节都要去富山扫墓。开车去，在那边住一晚。回程一般会顺路经过金泽、能登、岐阜县和长野县的什么地方，我们会顺路观光一下再回来。

扫墓很无聊。在寺庙里听和尚没完没了地念经，要一直一动不动地坐在那里，很烦人。不过，那之后的聚餐可以见到平时见不到的表兄弟，回程的家庭旅行也很开心。

"今年跟往年有点不同，是你太爷爷去世十三周年。因为太爷爷是快到盂兰盆节走的，所以要提前办十三周年的扫墓活动。有些平时不会来的亲戚也会来。"

"去世十三周年？"

"其实是去世第十二年。因为去世的那年是第一次扫墓，所以第十二年扫墓叫十三周年扫墓。有点复杂。"

爸爸说。

太爷爷在我出生前就去世了，所以，我没有见过他。如果太爷爷在我上小学之前还活着的话，我就能记得他了。

"另外呢，还有一件很重要的事。"

爸爸盯着我看。

"那个，你听好了，广太，以前一直没有对你说过……"

说到这里，爸爸沉默了。爸爸露出平时少有的严肃神情，于是我也沉默了。

"是这样的……广太，你还有一个姐姐。"

"欸？"

姐姐……我有姐姐？

"我有姐姐吗？"

"嗯。她已经死了,刚出生就死了。"

"是吗?"

"生出三天就死了,天生内脏就有问题。医生说直到出生都没有发觉。"

"是……这样啊。"

我顿时茫然了。心里突然觉得有些可怕,又有点悲伤。

"一直没告诉你,对不起。"

爸爸说。

"唔……唔,没关系,没什么……"

我吞吞吐吐地回答。我不知道爸爸为什么要道歉。但是,我不知道这件事……不,没有告诉我这么重要的事,总觉得有种被忽视的感觉,心里有些不舒服。

"还有,她的骨灰,其实一直都放在家里呢。"

"欸?"

骨灰,就是死人的骨头?在家里?

"在哪里?"

"在爸爸妈妈的房间里。说是骨灰,因为

还是婴儿,所以只有很少一点点。"

"不放到墓地里也可以吗?"

"嗯,可以。说是可以放到墓地里,也可以放在家里。因为妈妈说她还想和姐姐在一起,说把她一个人放在墓地里太可怜了,所以决定在家里放一段时间。"

我不由得感到心里发寒。一直平静生活的那个家里,竟然有骨灰,小小的骨灰。我突然觉得家变成了另外一个地方。

"不过,以前就说过的,是不是该让她入土为安了?所以,我们决定在这次十三周年的扫墓活动时,把墓盖打开,把骨灰放进去。"

爸爸说的重要的事情,就是这件事啊。刚才那种愉快的心情烟消云散,心里顿时变得很压抑。

不知为什么会变得很压抑。是自己有姐姐的事,还是她出生后马上就死了的事?又或是骨灰在家里的事?全部都是第一次听到的事情。当然不是很开心的事情。但是,姐姐死了,已经是很久以前的事了。

而且，我一次也没有见过她。我一直是在不知真相的情况下活到现在的。

"知道了。"

"你不要紧吧？"

爸爸说。这种场合的"不要紧"是什么意思呢？我想起上次弓子小姐说的话，稍微考虑了一下。

"嗯，不要紧的。"

我望着桌子上的盘子说。

"那就好。我一直在考虑什么时候跟你说才好。本来想等广太到了能理解的年龄时再说，不过，广太已经十一岁了啊。"

我听着爸爸的声音。七月十五日我就十一岁了。我一边望着盘子里剩下的西蓝花碎块，一边"嗯"地点了点头。

"以前，你爷爷说过，人到了十岁，感情的基础就全部具备了。长大以后，也许还会变复杂，但最基本的感情已经全部齐全了。"

是这样啊，我想。但是，我不太明白。跟悲痛、害怕都不同，有一种奇怪的、模糊不清的感情，在心里扩散开来。

后来，爸爸又说了一些旅行的事情。今年要顺路去一个叫白川乡的地方，去参观一下作为世界遗产的合掌构造建筑。爸爸这么说着，用智能手机给我看合掌结构的照片和说明。

回到家里时，妈妈已经先到家了。看电视，洗澡，我度过了与往常一样的时光。刚才那种沉甸甸的感觉消失了，就像什么事情都没有发生过一样。

可是……当我躺在自己房间的床上，闭上眼睛，脑海里顿时浮现出一个小小的圆罐子。

这个罐子是什么呢？好像在哪里见过……

我想起来了。

小时候，我曾经在里屋墙角的柜子里见过它。那时，我们还住在以前的家里。那时住的公寓比现在窄很多。妈妈大概是在打扫房间，还是在做饭呢？总之好像正在忙。我无所事事，跑到和式房间的柜子前，打开柜门朝里面张望。里面都是些妈妈的衣服啦、化妆品啦、首饰什么的,还有爸爸的文具用品。有好多没有见过的莫名其妙的东西,我感到十分好奇。

我发现柜子上还有一个很小的匣子,不过我的个子够不到那里。我搬来一把椅子,踩在上面,打开了小匣子。小匣子里装着一个罐子,四周摆着糖果和旧的小玩具。

不知为什么,我害怕极了,可又很好奇。虽然害怕,却又一直盯着它看了好久。花花绿绿的糖果和点心,女孩子系在头发上的蝴蝶结,小布偶,都是小孩子用的东西,但不是我的,这点可以肯定。因为全都是女孩子用的东西。

"你在干什么呢?"

身后传来声音。我回头一看,是妈妈站在那里。

"不能乱爬啊,很危险的。"

妈妈说着,把我抱下来放到地板上。

"喂,妈妈,那个是什么呀?"

我指着小匣子问道。

"广太不用管。"

妈妈只回答了这么一句。可我觉得妈妈的脸色很难看,所以就没有再多问。

那之后,我们很快就搬家了,搬到了现在的家。我再也没能见到那个小匣子,也就忘记了它的事情。现在想想,可能是自己不想回忆起来吧?

那个小圆罐子里,会不会就是姐姐的骨灰呢?

想起今天爸爸说的话,我不禁颤抖了一下。

是婴儿时就死了的姐姐,所以,那个罐子四周摆着点心、女孩子用的玩具和饰品。

郁闷的心情顿时在心底膨胀起来,我感到十分痛苦,想呕吐。

我曾经有姐姐。

姐姐已经死了。

这种郁闷是什么呢?明明没有见过面,却感到悲伤和痛苦,好奇怪啊。莫非这么重要的事情,这个家里只有我不知道?想到这些,我觉得很讨厌。

本来,我今天在游泳池里玩得很开心,从

早上开始就兴奋不已。去的路上也一直很开心。接下来滑哪座滑梯？我只会考虑这些。我想爸爸也是如此。

事实上不是那样的。也许爸爸在游泳池里的时候，就一直在想怎么跟我说这件事呢。不仅如此，他今天带我去游泳池，说不定就是为了说这件事吧。

找妈妈不在的时机……或者，事先跟妈妈商量好了，决定当只有爸爸和我两个人的时候说这件事。

虽然只有一点点，但我有种被欺骗的感觉，心里总觉得不是很舒服。我知道，爸爸妈妈都没有恶意。没有说姐姐的事情，也只是为了要等我懂事之后。

可是，总觉得很讨厌。

我觉得，在这个家里，好像有许多我不知道的事情。那个圆圆的罐子，爸爸的心情，妈妈的心情，我以前一直以为自己一切都明白，事实证明有很多事情在瞒着我呢。真讨厌。

闹钟响了，我爬了起来。今天有补习班。

夜里睡不着，我一直望着昏暗的天花板。等我醒来时，天已经亮了。大概是中途睡着了。

我来到客厅一看，妈妈在那里。桌子上是早餐和中午的盒饭。爸爸好像已经去公司上班了。妈妈跟我说了一声"早安"，可我没有回答，一言不发地出了家门。刚八点钟，就已经热得走路都出汗了。

为什么要对妈妈那种态度呢？

我也不知道为什么，总觉得心里很烦躁，所以没有说话。妈妈没有错，我心里也明白，可就是觉得心烦，不发泄出去心里不舒服。虽然拿妈妈撒气也无济于事。

我很讨厌这样的自己，就这样心烦意乱地朝补习班跑去。

4

从补习班回来,我打开家门,爸爸妈妈都不在。家里也很热,我立即开了空调。一直惦记着昨天的事情,也没心思出去玩儿,我一下子躺到自己房间的床上,"啊——"地叹了口气。

我在床上滚来滚去躺了一会儿,终于打定主意,进了爸爸妈妈的房间。那个小匣子不见了,哪里都没有,我能看到的地方都没有。连平时很少进去的步入式衣柜里面也找遍了,没有那个小匣子。

那个小匣子不在了吗?那个罐子会在哪里呢?壁橱的里面?但是收到那种地方好像又有

点奇怪。

偶然间,我的目光落到房间角落里妈妈用的桌子上。桌子靠墙的一边,摆着一个木头箱子,正好是可以放入那个圆罐子的大小。我心里有点害怕,但还是悄悄地打开了盖子。

找到了……

我舒了一口气。曾经见过的小罐子,比记忆中小很多。点心、小布偶、可爱的蝴蝶结簇拥着小罐子,跟以前见到的一样。

不可思议的是,我不再感到很害怕了。虽然还和以前见到时一样有一点点畏惧,不如说是一种觉得好可爱的心情。妈妈一直很爱惜它。想到这里,不知为什么,我觉得释然了。

姐姐……一直是个婴儿的姐姐。

我伸出手想去触碰罐子,可又觉得不该这么做。

这种事很难为情,我没有对任何人说过,箱子里似乎与未知的世界相连,一旦打开,就会有种被吸进去的感觉。我"啪嗒"一下关上盖子,走出了房间。

晚上，爸爸不在家。他好像要加班，要在外面吃晚饭。

我和妈妈两个人面对面地坐着。也许是因为在意早上的事吧，妈妈没有跟我说话。电视也没有开，家里十分安静。

我对默默吃饭的妈妈说：

"妈妈的桌子上是不是有个木箱？"

听我这么问，妈妈什么也没说，只是点了点头。

"那里面的圆罐子，装的是骨灰吧？"

"是的。"

妈妈立即答道。不知接下来该说什么好，我沉默了半天。

"为什么一直没有告诉我？"

这回轮到妈妈沉默了。

"是想等我懂事之后再说，对吗？我听爸爸说了。这个我能理解。可是……"

可是什么呢？我也不知道自己想说什么，于是顿住了。

"对不起。"

妈妈小声说。

"这件事对我来说,是一件很痛苦的事。"

妈妈似乎在望着遥远的某个地方,与平时截然不同。我愣了一下。我想,所谓灵魂被夺走了,大概就是这种表情吧?

"一直不知道什么时候对你说才好。因为你还太小,如果跟你说有个姐姐,你可能会混乱,也不明白这是怎么回事,所以,就想等你懂事了再说。后来又怕你会遭受'死亡'的打击,而且也不是一定要急着说的事情,所以就一直拖到了今天。"

妈妈含混地说。

"二年级的时候,不是有一节课要采访家长,询问'我出生时的事情'吗?那时我差点儿想说了。可是最后也不知该怎么说好,结果就那么一直拖着没有说出来。"

"是这样啊……"

"在以前的家里住着的时候,也是因为广太发现了那个罐子……"

"我记得。我一个人踩着椅子爬上去,打

开了小匣子……"

"那次也是,差点就说出来了。现在想想,与其藏着掖着,也许那时说了就好了。那时没说出来,后来就没有机会了,一直拖着。"妈妈垂下头,叹了口气,"不,不对。是我没能说出来啊,我无法开口。我知道'淡雪'已经不在了。后来广太出生了……明明以为已经不要紧了。"

"淡雪?"

我问了一句。

"那孩子的名字。"

妈妈回答说。

那孩子是我的姐姐,名叫"淡雪",比我早一年出生。

由于难产,妈妈努力了几个小时,最后只能剖腹产。孩子生下后,妈妈很快就睡着了。等她醒来时,医生立即过来说,孩子活不了多久。

妈妈不明白医生在说什么。刚生下来,怎

么会知道活不了多久呢?妈妈质问医生。爸爸和赶来的奶奶拼命劝解,可是无济于事。妈妈和爸爸几乎都没能抱一抱,三天后孩子就死了。

"我当时脑子里全乱了。可医院告诉我们,请到市政厅去办理出生证明和死亡证明。即使只有三天,也算活过,所以两种证明都要开。"

妈妈一副快要哭出来的表情。

"我实在没有力气写这些,爸爸说他来写。填写单子的时候,爸爸问:'名字怎么办?'这之前已经有好几个候选的名字,本来是想好好看看那孩子的样子再决定。我什么也没有回答,爸爸说:'那就叫淡雪吧。'"

妈妈望着天花板。

"'淡雪'是我想出的名字。因为预产期是三月,我想起前一年的三月下了一场淡雪。用日语平假名写是あわゆき(awayuki),叫起来也好听,写出来也可爱,我很喜欢。可爸爸反对,说:'感觉很快就会消失,不好。'"

真的是立刻就消失了。我心里的郁闷又开

始扩散。

"抱在怀里,温温的,就像淡雪。我问爸爸:'这个名字真的可以吗?'爸爸说:'可以。'"

妈妈抽泣了一声。

"能在纸上写'淡雪'这个名字,恐怕只有这么两次了。出生证明和死亡证明。我一边签名,一边道歉说:'对不起。'说不定就是因为我想出了这样的名字,所以才会立刻消失的吧?"

"不是那样的。"

我说。

"我知道,跟那个没关系。医生也说,是先天性异常,不是谁的过错。可是……我想不通,毫无理由,婴儿怎么就死了呢?怎么会这样呢?"

"罐子四周是不是还放着点心和玩具?"

"嗯。玩具是她出生前收到的贺礼,我舍不得扔掉。我觉得她还太小,我要一直守护她。"

"没有入土为安也是因为这个吗?"

"放到黑暗的地方,谁也见不到,她肯定会寂寞吧?一直在这个家里和我们一起吧。爸爸也什么都没有说。不过,广太十岁后,我想,应该让淡雪在那边的世界安息了。"

妈妈说着,脸上是我从没见过的表情。是悲哀,还是寂寞?好像都不是。总觉得像一个陌生人似的。

"所以,我跟爸爸商量之后,决定让她入土为安。其实还有点犹豫。淡雪会不会寂寞呢?"妈妈微微笑了笑,"对不起,让你有了奇怪的回忆。再早一点跟你说就好了。"

"没关系。"

比起我,妈妈一定更加难过。

"罐子的事,我是很吃惊。不过小时候一直牵挂的谜团终于解开了,心里舒坦多了。虽然曾经有个姐姐,但我还没有什么实感。"

妈妈笑了。又是平日的表情,我松了一口气。

晚上要睡觉的时候,我又想起了那个小罐子的事情。

淡雪。

有过名字啊。想到这些,我感觉昨天那个还是模糊不清的孩子,似乎变成了一个有血有肉的人。像是有些恐怖,又有些痛苦的郁闷心情,突然又膨胀起来,想一吐为快,可又吐不出来。

妈妈说,淡雪比我早一年出生。准确地说,是早一年零四个月,因为淡雪三月生,我七月生。胎儿在妈妈肚子里应该是一年左右的时间。也就是说,淡雪死后,我的萌芽很快就诞生了。

那么,假如……淡雪还活着呢?

假如那样的话,说不定我就不会降临到这个世界上来了。

一个没有我的世界。

我常常想,死到底是怎么回事?人死了之后,会去哪里呢?有人说是去天堂,可我不相信。人死了就结束了,什么都没有了。

但是……什么都没有了,又是什么呢?在一片漆黑中飘飘悠悠的感觉?不,那也不对。

因为什么都没有,连飘浮的我也不存在。不仅是一片漆黑,连这种空间本身都不存在。

什么都没有,想想都毛骨悚然。

没有我的世界。我从一开始就不存在,哪里都没有我。这更可怕。

我心里害怕,再三看闹钟,又翻来覆去,根本睡不着。黑暗中,感觉只有我的眼球在转来转去,闪闪发亮。

身体没有了,只剩下眼球在一个宇宙似的空间里飞旋。虽然觉得是宇宙空间,但既没有星星,也并非一片漆黑,而是有一些紫色和红色的旋涡在"咕噜咕噜"打转。我想,这大概是叫作星云的东西吧?

恍然回神时,我发现自己在一个像原野一样的地方,脚下遍地是盛开的白花。放眼望去,天空是刚才那些旋转的紫色和红色的旋涡。

我正想往前走,突然觉得有点奇怪。不知为什么,我穿着一条短裙呢。不是短裙,是白色的连衣裙。咦,我愣了一下。头发也变长了，我用手摸了摸头上，竟然还系着一个蝴蝶结。手和脚也像女孩子一样细细的。

啊，我发现了，我变成女孩子了。白色的花瓣在忽闪忽闪地飘舞。我心想，好漂亮啊。可是四周没有人。等我再次回神时，天空变得昏暗了，紫色和红色的旋涡也都消失了，四下里一片漆黑。

"刷"的一下，我的手变成了沙子，消失了。

我发觉，我已经死了。

我很害怕，想叫，可叫不出声来。

白色的花瓣忽闪忽闪飞上了天，一点点融化了。

那不是花，是雪。

当我意识到时，"哇——"地喊出了声，睁开了眼睛。听到了自己最后的叫声，这才意识到自己还在平时的房间里。心脏怦怦跳起来。

我环视了一下房间，心想，那一定是个梦。一时半会儿也不知道发生了什么，梦与现实混淆了。

我是睡着了。我想起进入梦乡前的事情。我在思考死的问题，思考没有我的世界，太过兴奋而睡不着。

最后还是睡着了。

睡着之后，还做梦了。

大概是因为在想淡雪的事吧。梦见自己变成了女孩子。四周宛如白花的白雪，也是因为听说了淡雪这个名字。

这样一想，我觉得这其实是一件很单纯的事。不过心脏还在怦怦直跳，变成了沙子消失时的恐惧还没有完全消失。

我看了一眼枕边的闹钟，一点了。睡不着，反复看闹钟的时候，我记得最后好像是十二点多。从那之后，也许就是梦了。如果是十二点的话，也就是说，我根本没怎么睡。

我浑身是汗，喉咙发干，干脆起身从衣柜抽屉里拿出一件新衬衫换上了。我想喝口水，便走出房间。

客厅里亮着灯，厨房传出"咔嗒咔嗒"的

声响。

是妈妈吗?

还是爸爸回来了?

我朝厨房里望去,是爸爸正在关冰箱的门。

"广太,怎么了?你还没睡啊?"

声音有些惊讶。

"嗯。睡了,可又醒了。"

"啊,对不起。爸爸太大声了,把你吵醒了吧?"

"不,是我做了一个怪梦,所以醒来了。不知为什么,有点兴奋。"

"那就喝点什么吧。妈妈说过,喝牛奶有助于睡眠。"

"好的。"我拿出自己的杯子,倒了一杯牛奶,"淡雪,是叫这个名字吧?"

爸爸一副很惊讶的样子。

"晚上吃饭时,妈妈和我说了姐姐的事。"

爸爸点了点头,什么也没说。我也默默地喝着牛奶。

"妈妈和医院都没有责任,是命运啊。可

妈妈还是会责备自己，一直在哭。在一起的时间不是只有三天吗？所以，周围的人也不太理解，都说你们还年轻，还可以再考虑。别人是在鼓励我们，可对妈妈来说，问题不在这里。是还会有下一个孩子，但那不是淡雪。"

妈妈一直在哭……

"三天啊，眼睛都还没有睁开呢。还没有来得及看一看这个世界上有什么，就消失了……"

爸爸望着天花板。

"得知怀上了广太后，妈妈才有了变化。开始好好吃饭了，也开始笑了。虽然因为之前的事而很神经质，但广太健健康康地出生了……那时妈妈真的好高兴。把广太当宝贝一样养大，在我看来，简直是保护过头了。"

爸爸微微笑了笑。我也勉强露出笑脸。

"淡雪的事也是。妈妈总是认为需要自己一直守护她才行。我想，等到妈妈释怀为止，那样也好。这回是妈妈自己说起差不多该入土为安了。"

"妈妈跟我也是这么说的,想让淡雪在那边的世界安息。"

"是吗?……妈妈说这些时是什么样子?"

"还是很寂寞的感觉,说是还有点犹豫。"我说。

"难怪。虽然基本上跟寺庙里的人说好了,不过还是要看妈妈的想法,爸爸是这么认为的。"

"明白了。"

"那就睡吧。牛奶很管用的,一定能睡着。"

爸爸望着我。我觉得心里稍微安慰了一些。

5

不知牛奶是不是真的有效,不过那之后,我很快就睡着了。第二天早上,虽然还有点困,但我还是照常去了补习班。

可心里的郁闷还是没有消除。稍一放松,眼前就会浮现出那个罐子和四周的玩具。对于死和"什么都没有"产生恐惧。就在我身旁,有一条世界的裂缝,那边什么都没有。

因为爸爸妈妈对我有所隐瞒而产生的讨厌之感虽然消失了,但发觉爸爸妈妈很难过后,自己也更加难受了。不是因为只有自己还是个孩子,也不是因为自己什么也做不了,这些都不是难受的原因。而是当我发现世界上总有一些无可奈何的事情，压在人身上，很沉重很沉重，让人受不了。

补习班下课后，我把书包放在家里。爸爸妈妈去上班了都不在家。我不想一个人待在家里，就来到了外面。可是又没有心思跟朋友玩。

对了，到那里去看看吧。

不知为什么，脑海里浮现出弓子小姐的面容，我便朝三日月堂走去。

隔着玻璃门，我朝店里看了一下，好像没有顾客。弓子小姐一个人在操纵机器，是上次看到的那台有圆盘的机器。当弓子小姐停下手抬起头来时，我们的视线碰到了一起。

"广太，怎么了？"

弓子小姐走过来，打开门。

"没什么特别的事……"

我吞吞吐吐地说。

"要进来吗？我正好想和你商量一下上次说的体验工作坊的事呢。"

弓子小姐说着，朝我招了招手。

"我刚做完了一份活儿，正想休息一下呢。我去泡茶，广太也来喝一杯吧。"

"啊，好的。"

本来想回答"不要紧"，但又改变了主意，正好喉咙也干得要命。

弓子小姐先进到店铺里，随后又端着装有麦茶的杯子走了出来。

"你刚才是在操纵那台机器吧？是在印什么吗？"

"就是上次那位顾客的名片。后来又做了一些调整，现在终于正式印刷了。"

弓子小姐给我看印出来的名片。文字旁边有一排小星星。

"啊，是猎户座。"

我想起来了，便说。星座中的猎户座，上幼儿园时老师教过我们，由于它的形状很像一条腰带，所以大家都以为它是"腰带星座"[1]。得知猎户座是希腊神话中海神的儿子，大概是

1　日语中猎户座（オリオン）和腰带（おリボン）发音相似。

上小学三年级时的事吧。

"对,是猎户座。那位顾客和我父亲是朋友,大学在同一个天文研究室。毕业后做了高中老师。听说我们家开印刷厂,参加工作时,曾来我们家定制过名片。"

"弓子小姐的父亲也在印刷厂工作吗?"

"不是的。这里是我祖父开的。父亲大学毕业后,当了高中老师。"

"这样啊。"

"上次广太来的时候,还是一张只有文字的名片吧?后来我觉得那样太单薄了,想起小时候那个人给我讲过猎户座的故事。而这里正好有星星的铅字,所以我就排成了猎户座的形状。给顾客看了打样,他非常满意。"

弓子小姐呵呵笑了。

"他似乎还记得给我讲猎户座的事情,说:'小弓子那时候还说是腰带星座呢。'你看,是很像腰带的形状吧?"

"真的吗?我上幼儿园时,也以为是腰带星座。"

"是啊,大家都会这么想。"

自己的想法和弓子小姐一样。不知为何,我有点开心。

"总觉得好怀恋啊,就像在跟父亲交谈似的。"

"那个人很像弓子小姐的父亲吗?"

"不像,样子完全不同。是因为他们都喜欢星星。小时候,我看到那个人跟父亲聊星星,就觉得他们是同一类人。那时的记忆还一直保留着。啊,抱歉,跟你说了一些莫名其妙的事情。"

弓子小姐笑了,但似乎有点悲伤。

她说,就像在跟父亲交谈似的。虽然是这么说的……

"那个……弓子小姐的父亲……"

"嗯,两年前去世了。"

我猛地吸了一口气,这才发觉,刚才她一直在说父亲的事情,原来用的都是过去时啊。

"对不起,那个……"

"没什么,没事的。"

"刷"的一下,郁闷又在我心里扩散开来。

世界的裂缝。弓子小姐也在裂缝的附近。

"你不害怕吗?"

"嗯?"

"人的死亡是一件很可怕的事情吧?我感觉这样可怕的事情就在身边,你没有这种感觉吗?"

我盯着弓子小姐。弓子小姐也注视着我。

"当然有了。"过了一会儿,弓子小姐说,"很害怕,很难过,好像要坠落到什么地方去的感觉。"

"是……吗?"

我稍稍松了一口气。大人也是……像弓子小姐这么大的人,也会有跟我相同的心情啊。

"广太,最近有什么人去世了吗?"

"你怎么知道?"

"因为,一般不会说这样的话吧?"

弓子小姐的眼角微微垂下。

"嗯。"

我点了点头,低头不作声了。大人怎么什

么都知道。是因为活得比我久吗?我感到很不甘心。

"不过不是最近去世的,是很久以前……已经是十几年前的事情了。"

"十几年前?广太几岁了?"

"十一岁。我原来还有一个姐姐。姐姐在我出生前就死了,出生后只活了三天就死了。"

就这样,我把迄今为止发生的事全都说了。是最近才知道的事,淡雪的骨灰一直放在家里的事,小时候发现骨灰时很害怕的事,还有这次去扫墓时姐姐的骨灰要入土为安的事。

"一直憋在心里很郁闷,像是充满了又黑又重的东西,很痛苦,想吐出来,可又吐不出来。"

眼泪差点夺眶而出,我赶紧低下头。

"可是,又不知道为什么会产生这种心情,因为我都没见过淡雪,迄今为止对这件事一无所知,不知道也不会有什么问题。所以,完全可以全部忘掉的,可是根本做不到。"

我使劲儿摇了摇头。

"到底是为什么呢?爸爸说,孩子死了以后,妈妈一直在哭。其实只活了三天。弓子小姐和父亲一同度过了许多时光吧?所以会难过,我能理解。可是,又没有在一起生活过,为什么会……"

不知为什么,我的眼泪扑簌扑簌落了下来。我很难为情,一直低着头。

过了一会儿,有什么温暖的东西触碰着我的肩膀。是弓子小姐的手。

"关于父亲的回忆有很多。即使那个人不在了,过去的记忆也会留存着。但是,如果他还活着,或许还会有更多在一起的时光呢。"

弓子小姐缓缓讲述着。

"假如父亲还活着,也许我们还可以再去一次天文台,一起用望远镜观星,然后像小时候一样,听他讲述星星的事。也许还可以一起享受美食,一起观赏美景。"

我抬起头,望着弓子小姐的脸。

"我心里有父亲的回忆,它们永远是我最宝贵的东西。但对于广太的爸爸妈妈来说,只有消失的未来。"

消失的未来，那些也许会与淡雪一起度过的时光。

——三天啊，眼睛都还没有睁开呢。还没有来得及看一看这个世界上有什么，就消失了……

我想起爸爸说的话。那孩子的眼睛一直是闭着的。爸爸妈妈也都没有看过她的眼睛。如果她还活着的话，会说些什么呢？她会是怎样的表情？喜欢什么？讨厌什么？我什么都不知道。

"而且，广太的妈妈是和那孩子连在一起的，因为一直在她的肚子里。所以，消失了的话会疼的，就像自己身体的一部分那样疼。广太也是啊，即使没有见过，也和那孩子是连在一起的。所以，你才会感觉疼。"

"那么……这种疼什么时候才会消失呢？"

我问道。以前没有疼过，因为什么也不知道。可是现在，我知道了。并不会觉得不知道更好，但是，这种郁闷的感觉……会一直持续,不会消失了吗?

还能回到爸爸妈妈和我都不知这种疼痛的时候吗?

"也许不会消失了。"弓子小姐说,"今后可能永远都不会消失了。因为是很宝贵的事物,所以我觉得,即使很疼,也不应该抹去。"

"不应该抹去……"

我想起梦里自己的手像沙子一样消失的情景。

淡雪消失了,留存下来的只有那个小罐子里的骨灰,和爸爸妈妈心里的痛。

——抱在怀里,温温的,就像淡雪。

——能在纸上写"淡雪"这个名字,恐怕只有这么两次了。

啊,不过……还有一件东西留下了,那就是"淡雪"这个名字。

我又想起了上次弓子小姐说的"首张名片"。婴儿用的名片,没有姓,也没有地址,只有名字的名片。

"弓子小姐,上次你不是说有一种'首张名片'吗?"

"嗯,有的。"

"那个我也能做吗?我想做一张姐姐的名片。"

听我这么一说,弓子小姐眼睛睁得圆圆的,然后,深深地吸了一口气。

"可以啊。"

弓子小姐说。

"她叫什么名字?"

"淡雪。用平假名写成あわゆき。是我妈妈想的名字。"

"淡雪……好美啊。"

弓子小姐闭上了眼睛。

"不过你说过很贵吧?需要多少钱?"

用我的零花钱,不知够不够?我不想求爸爸妈妈。

"我想想——如果只是平假名'あわゆき'的话,马上就可以排好版……如果是广太帮忙印刷的话,可以不收费。"

"那样不行。我要付费的。"

"那就只付印刷纸的费用好了。用什么样的纸好呢?"

弓子小姐拿来了好几个箱子。

"白色的纸好。"

"白色纸的话……这边这些怎么样?"

弓子小姐打开箱子,把纸摆到桌子上。

"白色也有各种各样的哦。乳白的、雪白的……"

的确有各种各样的白色。厚度与手感也各有不同。薄薄的、厚厚的、光滑的、粗糙的、透明的,还有带淡淡图案的……

光是白色的,就摆了满满一大桌子。

"有这么多啊。"

"是啊。名片的话,纸张给人的印象很关键,所以顾客都会犹豫不决的。"

弓子小姐又拿出一张纸放在桌子上。

"啊,那个。那种纸。"

"啊,这是'云纸'。"

我从弓子小姐手里接过纸。有点粗糙,表

面有些不规则的坑坑洼洼。

"'云纸'是我随意起的名字。这些凹凸不平的地方,像不像飘浮的云彩?它真正的名字是'帕尔帕'。"

我透过光线查看纸张。有的地方稍厚一些,有的地方薄薄的,所以显得很蓬松,很像云朵。

"不过,这种纸也很像雪。"

弓子小姐用手指摩挲着纸张。

"就用这种纸。"

"明白了。白色帕尔帕纸,对吧?你等一下。"

弓子小姐又打开另一个箱子,拿出一沓纸,数了数。

"现在这里有三十几张,这些够吗?"

三十张?爸爸妈妈和我,也许三张就够了。可是,要委托印刷厂印刷,这么少恐怕不行。

"够的。"

"那把这里的全部用了吧。说不定会有

印失败的呢,所以实际也许不足三十张,可以吗?"

我点了点头。

"那就这么定了。不过,今天已经太晚了。"

我看了看墙上的钟,已经四点半了。再过不到三十分钟,妈妈就该回来了。

"那我下次再来吧。明天可以吗?补习班下课后,三点左右。"

"可以。"

随后,弓子小姐又给我看了几个样品,确定了字体。字号是大小适中的"五号",字体是和书籍文字一样的"宋体"。

"纸是纵向还是横向?文字是竖排还是横排?字间距是多少?……要决定的事情还有很多呢。今天晚上,你在家里好好考虑考虑,明天再来吧。"

弓子小姐嫣然一笑。

6

晚饭后,我把自己关在房间里,撕下一张速写本的纸,剪成和在学校里做名片一样大小,做了很多名片尺寸的纸片。

我在纸片正中间写上"淡雪"。

这也太大了吧?

我用橡皮使劲儿擦去字迹。

我的字写得不太好看,像爸爸。爸爸的字总是写得歪歪扭扭,字形很难看。妈妈学过书法,字很漂亮。每次上书法课时,我总是会想,我要是像妈妈就好了。

如果淡雪还活着的话,妈妈肯定会反反复复地写"淡雪"的字吧?像写我的名字一样多。说不定姐姐会坐在这张书桌上，在自己的物品上写上"淡雪"吧？门牌上也是，在爸爸妈妈和我的名字旁边，也一定会写着"淡雪"吧？

我挺直腰板，又写了一遍"淡雪"。这已经是我的极限，是写得最漂亮的一次了。

我把名片大小的纸一会儿竖过来，一会儿横过来。字一会儿竖写，一会儿横写，反复尝试了几张。我又把文字一会儿放在上方，一会儿放在下方，一会儿斜着放，一会儿又一点点挪动位置。

做了各种尝试之后，最后决定还是用最初的那种形式。

纸是横向的长方形，文字也是横写。名字放在正中央，字与字之间空出一点距离。我觉得字就像放在雪上一样，这样最漂亮了。

第二天，我带着前一天做好的样品，来到了三日月堂。

"我想做成这个样子。"

说着,我给弓子小姐看了看纸片。

"广太的字好漂亮啊。"

弓子小姐看着纸片说。

"才不漂亮呢。平时总是歪歪扭扭的,被老师批评说字迹太潦草。这个是尽了最大努力,写得最漂亮的了。"

"是嘛——"不知为什么,弓子小姐露出略带愉悦的表情,"排得也很漂亮。那就尽量模仿这个版式来做吧。"

好的,我点点头。被说排得好看,心里有点高兴。

"是宋体五号字吧?那应该在这个架子上。"

我们站到铅字架前面。无数个四方形的小铅字摆在架子上。一想到这些全部都是字,我有些头晕目眩了。

"同样的字有这么多啊。"

"越是常用的字越多哦。你看,'の'字就有这么多。"

"真的啊。"

我找到"あ"的字框,取出了一块,是细

长的银色四方块。又按照"わ""ゆ""き"的顺序找到铅字,然后,我小心地把它们放入弓子小姐拿来的木箱里。

"找齐了。好,我们来排版吧。"

把木箱放到桌上后,我坐了下来。弓子小姐又摆了几块四方形的金属。

"那些也是铅字吗?"

印刷明明只有"淡雪"的四个平假名,我觉得不可思议。

"这些不是铅字,是夹条,可以制造空白。它比铅字低一些,放入夹条的地方,什么也印不到。"

"噢。"

"活版印刷不是要像这样固定住排好的铅字后才印吗?字块间不能有缝隙,所以,要放入夹条。夹条有各种尺寸的,按照广太这次的方案,字与字之间要留出差不多一个字的空白。所以,就用这种一个字尺寸的夹条。"

"那就是'あ'的后面放一个夹条,旁边是'わ',接着又是夹条,就按这个顺序放,对吧?"

"对,就是这样。文字的方向不要搞错了哦。"

我开始排列铅字和夹条。只有四个字,所以一下子就完成了。

"排好了。"

弓子小姐把排好的铅字从箱子里拿出来,放到台面上的金属框里,四周用金属块填得严丝合缝,然后,用千斤顶从两头牢牢夹住。

弓子小姐拿着方形框,安装到有圆盘的机器下方。

我觉得弓子小姐熟练的手法实在是太酷了。

"这样就准备好了。"弓子小姐嫣然一笑,"那油墨怎么办呢?"

"油墨?"

"对,字的颜色。可以用黑色的,不过也可以印成其他颜色的。"

"是吗?"

"油墨什么颜色都有,跟画画的颜料一样,混合在一起,还可以变成另外的颜色。绿色、紫色、茶色、灰色，什么颜色都可以。"

"是吗？不过，还是用黑色的吧。从一开始就决定了，白底黑字。"

"明白了。那就试印一下吧。"

弓子小姐把油墨涂到圆盘上，然后用滚筒把油墨摊均匀。最后，放上名片大小的试印纸，使劲儿拉下了控制杆。

"啊，印出来了。"

纸上印出了稍有些飞白的字迹。

"用正式的印刷纸来印印看吧。"

云纸。被称作帕尔帕纸的那种白色的纸放到了机器上。弓子小姐使劲儿拉下控制杆，又倒回来。白色的纸上浮现出清晰的黑色字迹。

あわゆき（淡雪）

姐姐的名字。

人已经不在这里了，可名字留了下来。

宛如被轻飘飘地放到了雪上。

"来，之后的由广太来印吧。"

我左手握住控制杆,凉冰冰的,自己的体温如同被吸了进去。我使劲儿拉下控制杆。弓子小姐不费力气就拉了下去,实际比想象重得多。一只手不够力,我用两只手握住控制杆,一直拉到不能再动的地方。

"嗯,拉到那里就差不多了,倒回来的时候,小心不要被牵引了。"

我松了松劲儿。哇,好像要被拽走似的,我又重新用力。

后来,就放一张纸,拉一下控制杆,再倒回来,最后取下纸。再放上新的纸……这样反复多次。

每当拉控制杆时,我心里都在呼唤"淡雪"的名字。从没有见过的姐姐,如果还活着的话,也许我就不会出生了吧?或者后来出生的我,和姐姐成了姐弟,一起玩耍,一起吃饭,一起看电视,一起旅行吧?

——三天啊,眼睛都还没有睁开呢。还没有来得及看一看这个世界上有什么,就消失了……

——广太健健康康地出生了……那时妈妈真的好高兴。把广太当宝贝一样养大,在我看来,简直是保护过头了。

爸爸妈妈也常常发脾气,而且会不会发脾气完全是视心情而定。在我看来,有时候他们自己做得也不怎么样。妈妈回来得很晚时,会害得我在大门口等很久;爸爸是经常很晚才回来,有时根本见不到面。

不过……我可以跟爸爸妈妈在一起。夏天很热,冬天很冷,做功课有点麻烦……不过,我可以做各种各样的事情。

控制杆好重。胳膊有点酸。

印出来的名片纸摆在那里,每张之间保持着间隔。四下里摆着好多个"淡雪"。夕阳的光辉从窗口照射在这些文字上。不知为什么,泪水涌了出来,我使劲儿晃了晃头。

印刷完毕,就在我东张西望时,我偶然发现墙上贴着一张旧名片,上写着"活版印刷三日月堂月野文造"。与印刷厂的招牌一样,上面有一个月牙和乌鸦的标志。

"弓子小姐,这个,是谁的名片?"

我指着名片问道。

"哦,那个啊。"弓子小姐笑了笑,"是我祖父的。他已经去世好多年了。"

"哦。那你祖母呢?"

"也去世了。以前,他们俩就住在这楼上。小的时候,我曾经也在这里住过一段时间。"

"这样啊。"

"嗯。我母亲死得很早,我被寄养在这里。"

"你没有兄弟姐妹吗?"

"没有。"

以前,听说过她父亲已经去世了,原来母亲也死了,祖父、祖母都死了啊。而且,还没有兄弟姐妹。

"所以呢,现在是我住在这里。"

"你一个人吗?"

"是的,一个人。"

弓子小姐微微一笑。

"你不害怕吗?"

"不害怕啊。因为我是大人嘛。"

弓子小姐显出得意的样子。

"人'活着'究竟是怎么回事呢?"我一边望着墙上的名片,一边说,"晚上想起死亡这件事,我有时会很害怕。死是怎么回事?什么都没有了,到底是怎么回事呢?想着这些,结果我睡不着了。"

我想起了公园里蝉的残骸和蚯蚓的木乃伊。我死了之后也会变成那样的空壳吗?那还只是身体。我身体里的心也会消失吗?

"这种想法,我小时候也有过。"

"人到底为什么会出生呢?无论做什么,最后总有一天会死。死了,就什么都不留下了。经常有人说,死去的人还会活在我们的心里,但那只是他们还记得而已吧?死去的人已经不在了,即使被别人记住,死亡的恐惧也无法改变。"

"是啊。"弓子小姐笑了,"从本人的角度来看,是那样的。但是,对被留下的人来说,也许那个人的存在正是他的精神支柱呢。心灵一定不是仅有一个。广太的身体里有广太,别人的心里也有广太。别人心里的广太,在广太本人死去后还活着,我觉得这也是真实的广太。"

"是吗?"

"你来看看这里的铅字。"弓子小姐环视着屋内,"拣出一个个铅字,排成版,编成文章。如果觉得排好的版之后还会使用,便会原封不动地保存下来;有时也会把版拆掉,把铅字放回架子上,之后编成另外的文章。我常常想,我们也很像这些排好的版。"

"什么意思?"

"我记得爸爸妈妈、爷爷奶奶的事情,也记得广太的事情。我是由这些人组成的。我也一定会被各种各样的人记住,成为那个人的一部分。就像我被别人支撑着一样,说不定我也能去支撑别的什么人……"弓子小姐望着天花板,"这样想,会不会心里舒服一些?"

"这样啊。也许是的……可我还是很害怕死亡。"

"那也是。"

弓子小姐哈哈笑了。很可怕,所以,只是"稍微舒服了一些",还不能释怀。

洁白柔和的纸上,"淡雪"的字迹清晰可见。我很想去摸一摸,可弓子小姐说,油墨还没有完全干呢,最好先不要去碰它。

7

第二天,我带着抽屉里积攒的零花钱,去了三日月堂。弓子小姐拿出一个白色的纸盒,打开一看,里面装着名片。弓子小姐说,正好有一只合适的盒子,所以就用它来装了。

我按照弓子小姐说的(比预想便宜许多的价格)付了钱,接过盒子。我把盒子小心翼翼地装进书包,带回家里。

那之后,爸爸连续几天都很晚回来,盒子一直在我房间书桌的抽屉里。这时我渐渐不安起来。仔细一想,即使我把这种东西交给爸爸妈妈,他们也不见得会高兴。因为是痛苦的回忆,特意交给他们会让人怀想起过去的东西,也许不太好吧。

结果就一直没能够交出,磨磨蹭蹭到了去扫墓的前一天。这天爸爸回来得很早,在准备明天出发的行李。可是,那只罐子究竟要怎么样,我一无所知。

"广太,明天出发,都准备好了吗?"

吃完晚饭的时候,妈妈说。

"嗯,差不多了……"

我点点头。随后,我想,要交给他们,只有现在了。

——今后可能永远都不会消失了。因为是很宝贵的事物,所以我觉得,即使很疼,也不应该抹去。

那张名片,是自己和弓子小姐一起费尽心力制作的。

"那个……等一下啊。"

我起身回到自己的房间,从抽屉里取出名片盒紧紧握在手里,又返回客厅。

"怎么了?"

妈妈一副不可思议的样子。

"有样东西……想交给你们。"

说到这里,我又不安起来。但已经下定决心,我把盒子递了过去。

"这是什么?"

妈妈接过盒子。

爸爸也在旁边看着盒子。

妈妈打开了盒盖。顿时,爸爸妈妈都睁大了眼睛。

"这……"

妈妈伸出手,抚摸着"淡雪"的字。

"这是名片,就是在妈妈说过的那家活版印刷厂做的。"

"那个朗读会的?你怎么……"

"我从中谷老师那里打听到的。"

"是你一个人去的吗?"

爸爸惊讶地说。

"那里叫三日月堂。那里的大姐姐告诉我有一种'首张名片',是为婴儿定制的名片。没有地址,也没有姓,只有名字的名片。"

妈妈一句话也没说,直愣愣地盯着名片。

"那个……我觉得'淡雪'这个名字很好。淡雪不是春天的雪吗？雪化了，春天就来了。妈妈一定是想着春天要来了，才起了这个名字。所以，我觉得是个很温馨的好名字。"

爸爸妈妈什么也没有说。我不知如何是好。

"对不起。不过，我跟三日月堂的大姐姐交谈过。她说，虽然悲痛无法消失，但因为是很宝贵的事物，所以不应该抹去。我不知道淡雪的事情，但是我想记住她，所以……"

名片宛如雪花一样洁白，"淡雪"的字如同足迹一般，仿佛可以看到淡雪、爸爸妈妈和我在雪地上漫步。我想，或许真的曾经有过这样的日子。

"做得真不错，广太。"

妈妈说。她想笑，可是眼里泪水盈盈。看到这些，我也很想哭。

"淡雪的骨灰，还是入土为安吧。"

妈妈说。

"你不会感到寂寞吗？"

爸爸问。

"不会寂寞了。"

妈妈哭了。我也哭了。我也不知道为什么,反正眼泪就是流了下来。

富山的寺庙在海边,所以有一丝大海的味道。

可以听到蝉声,还有和尚念经的声音。我心想,这里大概一直都是重复着这样的夏天。太爷爷、太奶奶,都长眠在其中。

念完经后,为了让淡雪入土,墓地被打开了。爸爸、叔叔和我,抬起了石盖。盖子比我想象的要重不知多少倍。力气太小太轻是搬不动的。

墓地里摆着许多骨灰罐。太爷爷的,太奶奶的,他们的爸爸妈妈的。爸爸把淡雪的骨灰放到了太爷爷的骨灰旁边。只有这个小小的。

妈妈一直在哭。不过,我没有哭。因为爸爸对我说过,广太是男孩子,不能哭啊。

"淡雪的名片,谢谢了。"

今天早上,只有我和爸爸两个人的时候,

他对我说。

"能这样做的,只有你。即使爸爸做同样的东西,也不行。妈妈的父母也不行。只有同样是妈妈生出来的你,才能做到这一点。你自己思考自己做出来,真了不起。"

是那样吗?我不太明白。

无论我做什么,淡雪不在了的事实,已经无法改变。在妈妈的心里,淡雪的痕迹一直都会留下来。

天空晴朗,白云滚滚,阵阵蝉鸣。地面上印着我们浓重的影子。我想起"淡雪"黑色的字迹。

做完法事后,我们跟方丈还有亲戚去附近的饭店吃饭。因为是十三周年的大祭祖,爸爸的表兄弟们一大排,将近有三十人。

我按照爸爸吩咐的那样,在餐桌上把淡雪的名片分给了大家。大家都小心翼翼地把名片捧在手里,不住地感叹着。

爸爸的表妹昌代姑姑说,好漂亮的名片

啊。妈妈说是我一个人委托印刷厂做的。昌代姑姑也住在川越,听说川越有家活版印刷厂,感到十分惊讶。

大人们的谈话持续着。见我有点无聊,方丈便跟我搭话:"广太几岁了?"

"十一岁,五年级。"

"五年级了啊,将来想做什么呢?"

被方丈这么一问,我犹豫了一下。去年半成人节[1]的时候,也被要求写过将来想做什么。同学们写了想当运动员,想做各种各样的事情之类的。可我觉得自己还不清楚。

"还没决定吧?"

方丈微微笑了。

"嗯,我也不太清楚。我觉得如果能像现在这样,和大家开开心心地生活就好了。"

听了我的回答,方丈笑了:

"是吗?广太每天都很开心啊。那很好。不过,那也许很困难。人活着常常会有开心的时候,但那只是一小部分。人生的大部分啊,

---

[1] 二十岁是成人节,十岁为半成人节。

都是战斗。"

我心想,这个我知道。今后的日子里有考试,长大成人后,还有很多更艰苦的事情,这些我也知道。但是现在,我想把"和大家开开心心地生活"这件事用语言明确地、具体地表达出来。

"独自一人出生,独自一人死去,这就是人。无论是谁,死的时候都是独自一人。即使很开心,岁月也会流逝,无论是什么人,很快都会衰老死去,被埋入坟墓。人活着,是转眼一瞬间、如梦似幻的事。"

听着方丈的话,我不禁想起以前在公园里看到的虫子的残骸。

"不过呢,你能够那么健康活泼地活着,是很好的一件事。像我做这样的工作,差不多每天都在和死去的人打交道呢。"

方丈呵呵笑了。

晚上,我们在一家海边的旅馆住下了。傍晚,我和爸爸妈妈三个人在岸边散步。太阳已经西沉,天空暗了下来。

"这里一点没有变,跟爸爸小时候看到的景色一样。以前,一到夏天,我就到这里来,在那片防波堤附近玩儿。"

爸爸说着。海浪的声音一直传来。

"淡雪入土为安了吧?"

妈妈边走边说。

"会的。"

爸爸答道。

"是啊。把罐子摆到墓地里时,我也那么觉得。"妈妈舒了一口气,"我想,淡雪已经不需要我一直守护她了,过去也一定是那样的。因为淡雪已经去了天上,说不定是淡雪在守护着我们呢。"

"是的。"

爸爸点了点头。一颗星星出来了。

爸爸丢掉鞋子,"哇——"地大叫着,朝沙滩上跑去。

"喂,妈妈。"

我看着妈妈。

"什么?"

"那个,妈妈会觉得生下了我很好吗?"

我问道。

"你说什么呀?"

妈妈笑了,随后注视着我。

"当然。这还用问吗?"

说完,妈妈又笑了。

妈妈也丢下鞋子,"哇——"地叫着,跑开了。

沙滩上留下了爸爸妈妈的一个个脚印。

爸爸、妈妈、淡雪……

可怕的事情有很多,人也早晚有一天会死去。不过,还是要活下去。即使有许多痛苦的事,即使留下很多痕迹,即使只有弹指一挥间,但是,这都是因为我还活着。

波浪声一直传来。

我也朝沙滩上跑去。

大海的来信

1

一直单身一人生活,在家里就没有说话的机会。周末也是,如果无处可去,只是去附近的超市的话,一不小心,一天都不会与任何人说上一句话。我常常会感到不安,自己还能发出声音来吗?

"好热啊。"

傍晚,望着窗外,我试着自言自语了一句。太好了,还能发出声音来。

我并不讨厌一人独处,也没怎么觉得寂寞。不过,自己好像成了一个对谁都无关紧要的存在。这样的人,还有必要存在于这个世上吗?我常常会感到这种空虚。

打开窗户,热气扑面而来。太阳已开始西落,四处回响着茅蜩蝉的鸣声。虽说已是八月底,可酷暑还在持续。我放弃了开窗,又按下空调的开关。

我打算收拾桌上堆积的文件,但手一下子停住了。

あわゆき(淡雪)

桌角立着一张小卡片。名片大小,雪白的纸,由于厚薄不均,有一种像云又像雪的质感。

这是八月扫墓的时候,亲戚的孩子广太给我的。不是广太自己的名片,是他出生前就死去的姐姐的名片。

广太是我表哥田口健介的儿子。健介家里,在广太之前还有个叫淡雪的女孩,出生后三天就死了。这已经是十多年前的事了。说是趁这次爷爷十三周年的忌日,把一直放在家里的淡雪的骨灰也入土为安。

名片好像是广太做的。在做完法事的餐桌上,广太把名片分给亲戚们每人一张。宛如白雪的纸上,清晰地印着黑色的字迹。我不由得用指尖触摸那些文字,盯着名片凝视了好一会儿。

"是用活版印刷印的。家附近有一个活版印刷厂,广太请那家店主帮他印的。"

广太的妈妈,理子表嫂说。

"川越有活版印刷厂?"

我也住在川越,所以好奇地问道。

"是啊。就在鸦山神社附近,叫三日月堂。"

大学时代,我学过铜版画。铜版画是凹版,活版印刷是凸版。但是,把油墨涂到版上,按住,印到纸上这一点是相同的。我发觉,当我看到漆黑的字迹时,会感到十分亲切,大概就是这个原因吧?

似乎还散发着油墨的味道,我不由得把脸凑近淡雪的名片。

我清楚地记得淡雪出生后不久就死去的情景。据说,理子表嫂当时很忧郁。我很想鼓励她，但又不知说什么好，也很怕见到她，结果最后也没有去看望她。

两年后再见到她的时候，广太已经出生了。后来，健介家一直忙于孩子的事情，我也没怎么参加亲戚的聚会，所以，隔了很久没见面。上次因为是十三周年的扫墓，是我时隔许久的露面。

眼前出现了已经长大的广太，因为长得太像小时候的健介，我一下子惊呆了。广太得知淡雪的事，好像是在淡雪入土为安前不久。他是五年级学生了，对于姐姐的死，可能会若有所思吧？

所谓家庭，真是不可思议。看上去理所当然，但与别人一直生活在一起，一定像是一直被波浪冲着往前走吧。

如果那时候跟幸彦结婚，有了孩子的话，我们现在也会以家庭的形式持续至今吧？

与幸彦分手后，我一直一个人生活。我不想再被那种强烈的波浪冲走。

2

星期六傍晚,稍有一丝凉风吹来,我来到外面。

川越被称为小江户,到了这个时间,真的就像一座古装戏的舞台。凝重的瓦房屋顶,厚实的墙壁。若是平时,我会避开人多的一番街,但今天仿佛是被街道的景色吸引着走了过去。

一家店铺前面立着一块"鸡蛋年轮蛋糕"的招牌。这是一种形状如鸡蛋的年轮蛋糕,大鸡蛋里灌满了奶油,有奶黄味和焦糖味两种。我经不住那可爱的形状的诱惑,一下子买了两块。

分量够大的，估计吃一块就会饱。家里就一个人，却买了两块。离开店的时候，我想，好像很久没有买点心了。不知为什么，心里很是兴奋。

这么一说，淡雪名片的印刷厂，好像就是在鸦山神社的附近吧？应该是叫三日月堂吧？我想起理子表嫂的话来，便在街角处转弯。

到了那里又能怎样呢？我没有什么事情可以委托印刷厂做。自己是事务员，不需要名片，贺年卡也基本上不怎么寄。

但我还是被活版印刷这个词语吸引。油墨的气味，铁制机器机油的气味。制作铜版画时的情景掠过脑海。

从一番街拐进来的这条路，走到一半时，两边还有些店铺，也算热闹。可当来到鸦山神社附近时，就还是冷清多了。在田地与一排排独栋建筑之间，有一幢白色的像街道工厂的房子，大概是那里吧？我走了过去。

大门边上，立着"活版印刷三日月堂"的牌子。

我隔着玻璃门朝里面张望。啊，我差点叫出声来。

整整一面墙都被铅字覆盖住了。

门上挂着一块小牌子，写着"请随便进，不必客气"。虽然没什么事可委托，但受到那块牌子的怂恿，我鼓足勇气拉开了店门。

站在机器前的女子用含混不清的声音说了一句"你好"。

"那个……这里是活版印刷的印刷厂吗？"

"是的。"

女子不到三十岁的样子，没有化妆，黑发系在脑后。

"你是店里的人吗？"

"是的，我是店主。"

女子递过名片。上面写着"活版印刷三日月堂月野弓子"。

"你是店主？"

这么年轻的女子？我有点惊讶。

"嗯，我继承了祖父的店铺。今天您是有什么要印的吗？"

弓子小姐微微笑了笑,然后注视着我。

"不,也没有什么要印的……我只是从前面路过,想起上次亲戚家的小孩给了我一张写着'淡雪'的名片……说是在这里印的。"

"'淡雪'?啊,是广太的名片吧?"

弓子小姐微笑着说。

"是的。扫墓的时候,广太把那些名片分给了亲戚们。"

"是啊,我听广太说了。"

"字很漂亮,有一种扎根于纸上的感觉……我以前就听说过活版印刷,原来是这样的啊。"

"谢谢。"

弓子小姐说。

我环视着屋内。这儿全部都是字啊……想要用语言来表达世界,原来需要这么多文字啊。

自古以来,版画与印刷、做书就有着密切的联系。既有装帧画和插画,又有像藏书票这样的文化。与文学家有深交的版画家也为数不少。我自己也对做书感兴趣,曾经上过装帧培训课。

"我大学时代学过铜版画。"

"是吗？铜版画啊……"

"看到那张名片，让我想起那时候的事……这个，是印刷机吗？"

我抚摸了一下弓子小姐面前的机器。泛着暗光的铁块，摸上去凉冰冰的，是一台带滚筒和齿轮的厚重古老的机器。

"是的。现在我操纵不了。"

"操纵不了？"

"这里本来是祖父的印刷厂……我以前也帮过忙，但没打算继承。祖父本来也想在自己那一代就关门。重新开张，是在祖父去世后一段时间的事了。所以，机器也都是我摸索着操纵的。"

"那，那张'淡雪'的名片是……"

"是用这台手动式平压印刷机印的。"

弓子小姐指着一台有圆盘的机器说。就是我进店里时，她正在操纵的机器。

"这是手动式的，很简单的机器。如果是小件制品，用它就足够了。这台我过去经常使用，所以操作方法也比较熟悉。"

"广太也是用这个？"

"嗯。您要不要试试？我正在给一番街的商店印商品宣传卡片呢……"

在弓子小姐的怂恿下，我站到了机器前。

"上下拉动这个控制杆，油墨就会贴到版面上。"

我按照她说的，握住控制杆，上下牵动。油墨滚筒在版上来回滚动。

"可以了。这回一直往下拉。"

我往下压控制杆，真的很重。因为控制杆在机器左侧，所以是用左手操作吧？用右手放纸，用左手拉控制杆，再用右手把纸取下来，会是效率很高的操作方法。但是用一只手拉控制杆，未免太重了。如果要印几百张的话，那可真够呛。

"这样就差不多了。"

按照弓子小姐的吩咐，我退回控制杆。版与纸张分开了。

"好漂亮啊。线条很鲜明。"

我看着印出来的字迹说。

"这个,压力是凭手感来决定吗?"

"不,印压是开始就调好的,所以,即使用力压,也不会超出调好的范围。"

"凸版是像这样按压表面就能够印上,对吧?"

听我这么一说,弓子小姐露出不可思议的神情。

"因为铜版画是凹版……要有足够的压力才能印上。"

"凹版……高中美术课好像学过……"

"活版印刷和木版印刷都是凸版吧?着墨的地方是凸出来的。可铜版画着墨的地方是凹下去的。"

铜版画的手法多种多样,但都是凹版。

"有的用刻刀刻,有的用化学药品腐蚀,然后打上印墨,再把平面上的墨擦掉。那样的话,不就只有凹陷的地方才有印墨吗?然后,与易吸墨的湿润纸张叠起来,施加压力。那样就……"

"凹部积存的印墨就会描绘出图案来。"

"对的。所以,只按压印面还不够。木版画也是把纸放到版上后,从上面用马莲[1]压印。不过,铜版画如果不是用带滚筒的机器使劲儿挤压是不行的。因为不是按压印面,而是要把线条里的印墨挤压出来。"

"那边那台大型印刷机带滚筒,可以挤压线里的印墨。在大尺寸的纸上印刷,只按压印面会印不均匀。用手动式平压印刷机印,最多只能印 A5 的大小。"

弓子小姐望着大型印刷机。

"不过,并非牢牢压住的感觉,而是'啪'的一下贴紧,又'啪'的一下离开之感。因为施加压力的话,宝贵的铅字与印刷机都会耗损得很快。因此,几乎没有印压才是最理想的状态,好像是被称为'亲吻般的接触'呢。"

"哦,亲吻般的接触。确实和铜版有很大不同。"

"你这么一说我想起来了。铜版画叫印墨,

---

[1] 版画印刷的圆盘状手动工具,用于压按纸张背面。

而印刷业叫油墨,很不一样呢……"

"确实如此啊。"

"请看这个。"

弓子小姐把我刚才印的宣传卡片递了过来。

"给我一张可以吗?"

"没问题,还可以为店里做宣传,是'大正浪漫梦幻大街'的咖啡店,名叫'藏',是土墙仓房改建的。"

回到这里后,我还没有好好逛逛川越的大街。整天都是家和车站两点一线。另外,无论多吸引人的店,也不想自己一个人进去。

"对不起,没什么事情委托你,却跟你聊了这么多……"

"不会的,能够听到关于'淡雪'的感想,我很高兴。广太上次在体验工作坊,还制作了自己的名片呢。他还说,要在暑假的'自由研究'作业里,把名片与活版印刷的方法做成报告一起提交呢。不知有没有做好呢?"

"你也办体验工作坊吗?"

"嗯,偶尔。上次,几个小学生和广太一

起来的,所以很热闹。"

小学生们如果看到这里,一定会很吃惊的吧?排列像图章一样的铅字,也会很开心吧?说不定也会有被沉重的机器吸引的孩子吧?

"对了,我刚才在一番街买了点心。虽然算不上是答谢……这个,不知你喜不喜欢?"

我把手里的鸡蛋年轮蛋糕递了过去。

"啊,鸡蛋年轮蛋糕?可以吗?我一直很想品尝一下这个。"

"嗯,可以可以。请收下吧。"

看到弓子小姐的笑脸,我也不由得高兴起来,跟着笑了。与其在家里一个人吃,不如请这个人吃更好。

"里面有两块呢!那就一起来吃吧。我去泡茶,请稍等。"

弓子小姐进到里面,不一会儿,端着托盘走了出来。

鸡蛋年轮蛋糕,弓子小姐吃了奶黄味的,我吃了焦糖味的。我好久没有像这样一边吃点心,一边和人说话了。

不知为什么,我俩聊得很投机。弓子小姐把迄今为止三日月堂承揽的工作都跟我说了。她说,印刷厂重新开张一年半了,最初是摸索着开始,也是因为有人介绍,工作才渐渐多起来。

"您说学的是铜版画,您创作的是什么样的作品呢?"

"主要是干刻法,也制作一些美柔汀。两者都是直刻法。"

"直刻法?"

"就是用刻刀直接刻版的技法。铜版画还有用化学药品腐蚀制版的方法,比如蚀刻法、飞尘法什么的。不过,我喜欢用刻刀雕刻,我觉得那样比较过瘾……"

"干刻法与美柔汀有什么区别呢?"

"干刻法是用刻针在金属板上刮擦,在刻走的部分里打上墨,再印刷。因此,线是黑的,背景是白的。而美柔汀,整版都要划出细密的刻痕,然后用刻刀把刻画的部分刮平,打上墨后,再把平面上的墨擦掉。所以印出来后,背景是黑的,而刻画的部分是白的。"

很难用语言表达,所以我又用智能手机搜索了长谷川洁的作品给她看。长谷川洁晚年的美柔汀作品比较有名,对干刻法、蚀刻法之类也很擅长。

"真美啊。虽然静谧,又充满生命力。"

弓子小姐自言自语。我也盯着好久不见的图画看了好一会儿。长谷川洁被誉为"二十世纪铜版画巨匠",也是我自己最喜欢的版画家。

"昌代小姐现在没有再创作了吗?"

被她这么一问,我心里一阵刺痛。

"唉,在没有压印机的地方是很难创作的。过去住的地方,附近倒是有一个工作室。"

压印机很大,而且价格太贵,所以版画家一般都会住在附近有压印机的地方。以前我常去的是一家注册会员后就可以自由使用的工作室。

搬到这儿附近的时候,我已经决定不再创作铜版画,所以也就没有再去找新工作室。其实，附近没有工作室，只不过是借口罢了。上次搬家之前，我就已经决定放弃铜版画了。

"对不起，我待得太久了。太谢谢你了。"

"是我应该谢您，能够请教版画的事情，我也很开心。有机会，很想看看您的作品。请以后再来啊。"

嗯，我模棱两可地点了点头，离开了三日月堂。

3

回到家里，我把壁橱里一直没动过的纸箱拉了出来。这是一只放自己以前作品和铜版画工具的箱子。搬家时打包起来，来到这边后，一次也没有打开过。

我翻出了一本速写本。这是什么呀？我想不起来了。翻开一看，啊，我不禁叫出声来。一页一页都画着贝壳。海螺、双壳贝，每一页都是贝壳的速写，同时标注着从图鉴里查到的贝壳的名字。

和幸彦同居的时候，我们住的地方离海很近。虽然是一室户的公寓，但从窗户可以望见大海。幸彦白天不在家，我常常到海边去拾贝壳。

我当年在美大学铜版画,毕业后,一边在附近的一家公司里做事务员的临时工,一边坚持创作铜版画。

幸彦是我打工的公司里的正式职员。幸彦决定调动工作后需要搬家,于是我也搬家和他住到了一起。我辞掉原来的工作,开始在离家最近的车站附近打工。

铜版画也是,最开始我还是去以前的那家工作室。不过,单程要一个半小时,带着用具来回跑实在太远了,也浪费时间。所以,我开始寻找新的工作室,在沿线看了好几家,终于找到了一个可以自由制作的地方。

也许是因为搬到了大海附近,我感到自己很想创作与大海有关的作品。开始我画了一些风景,但不是很有感觉。家附近有一座水族馆,我就天天跑去画鱼的速写,试着刻成铜版后,也不是很满意。

一天,我的目光停留在一个随意画的贝壳上。试着刻成铜版印出来吧,不知为什么我萌生了这个念头。从那以后，我就开始创作起贝壳的版画。我在水族馆的礼品部、海边的摊位、杂货店各处寻找，买了很多贝壳。

海螺的螺旋、表面的纹理、凸出的尖部，每一个形状上都有细微的差异。望着这些，我忘却了时间。我的柜子里渐渐摆满了贝壳，总是散发出一股大海的味道。幸彦笑着说，简直像一家贝壳商店。

速写本上画满了当时的贝壳。樱贝、丽文蛤、嵌条扇贝、天狗角螺、扁玉螺、耳梯螺、萤贝、扁船蛸、阔船蛸、小海狮螺、黍斑眼球贝、方格织纹螺……

刻着贝壳的版也保留着，都是很小的版。开始画得很大，随着作品不断增多，画幅渐渐变小了。有的作品接近贝壳实物的大小，不超过名片的尺寸，甚至只有邮票那么大。

我从壁橱最里面拉出来一只小箱子，刚打开，就有很多贝壳"稀里哗啦"地滚落出来。本想丢掉的，但没舍得丢。

离开那个家的时候，我已下定决心不再创

作铜版画。可是，一旦看到铜版，便又生出强烈的创作欲望。也有很多只是刻了版，但没有印出来。我希望能把它们完成。

但是，没有压印机，无法印版。虽然不情愿，但我还是给以前的工作室打了个电话。时间很晚了，我想大概不会有人接电话了，谁知电话立刻就接通了，是主管内山老师接的电话。

"好久不见了，你怎么样了？"

内山老师的声音跟以前没什么变化。我对自己的不辞而别表示了歉意之后，说现在有想印的东西。我说了自己现在的地址，内山老师说，来他那里也可以，不过有熟人在川越附近开了一间工作室，我可以去那里问问看。

"是一位叫今泉治人的版画家。田口小姐以前也见过吧？我们一起去看过他的个人展。"

"啊，您这么一说……"

好熟悉的名字。他是内山老师大学时代的朋友，也是知名版画家。我去看过他的个人画展。作品很深邃，我被其中幻想的世界所征服。后来，我还见到了本人，打了招呼。他是一个声音洪亮、充满自信的人。

"他那里各种压印机应有尽有，你会得心应手的。工作室的氛围也会很适合田口小姐。"

"我只是想用旧的版印两三张而已。"

听我这么说，内山老师哈哈大笑。

"一旦开始印了，想法会变的吧？"

不会的。我在脑海里高喊，但没有说出口。

第二天，我给今泉版画工作室打了个电话。内山老师好像已经跟对方联系过了。对方说，周六有为初学者开办的版画工作坊，请这之外的时间来吧。平时要上班，我决定下个星期天去看看。

依靠网上搜索的地图，我找到了那间工作室。从本川越的下一站南大冢车站走几分钟的路，可以看到废弃的西武安比奈线这条古老的铁路。与喧闹的川越附近不同，这里是一片略带荒凉的风景。

按下对讲机，出来一个满脸胡须的男人。

跟以前在个人展会上见到的样子反差太大，我还以为是别的什么人，但的的确确就是今泉先生本人。

"我是田口昌代，是内山老师介绍我过来的……"

"啊，我听说了。"

今泉先生点了点头，向我说明工作室的规定，像是有会员制和非会员制。我只打算印几张，就申请了非会员制。

"你打算印什么呢？"

今泉先生用柔和的语气说。声音好像也与以前不同了。上次见到他时，他的声音富有魄力，有一种压倒一切的感觉，现在变得十分平和了。

"就是这个。以前只刻了版，没有印就搁置了……"我从包里拿出铜版，递了过去。今泉先生手指好细。我从旁看着他低垂的侧脸才发觉，啊，比那时候消瘦多了。看上去印象不同了，也许是这个原因吧？

"是干刻法吗？手法相当纯熟呢。"

今泉先生抬起头来。

"内山也表扬你了,说你放弃了实在可惜。"

他把铜版拿在手上盯着看。

"都是贝壳啊,有意思。"

"啊,嗯。因为创作这些的时候,我住在海边……"

"不过,也不只是这样吧?海里还有很多别的东西呢。只画贝壳,还是因为贝壳在向你的心灵倾述着什么吧?"

在向我的心灵倾述着什么。这么一说,好像还真是如此。在描绘风景和鱼的时候,总是感觉不对,但见到贝壳时会觉得就是它了。不过,我还是百思不解,为什么会是贝壳呢?

"都是些小小的啊。"

见我回答不上来,今泉先生又说。

"嗯,基本上刻得跟贝壳原本的尺寸一样……大的贝壳会变成刻大号铜版,渐渐地,觉得刻小的贝壳很开心……"

"有意思。说起来,贝壳不就是残骸吗?

"听说贝类与乌贼、章鱼一样,属于软体

动物。为了保护自己的柔软身体，它们用分泌物造壳。随着身体渐渐生长，它们会把分泌物添加在壳的边缘，不断增大壳的体积。

"既是房子，又是盔甲，就是这样的感觉吧。最后，房主死了，只留下耗费一生建造的空壳儿。贝本身是一种软乎乎的不定形之物，也许贝壳的形状才是这些贝的真正形状。"

我情不自禁地注视着今泉先生的脸。这种想法我还是第一次听说。

"贝从内部营造贝壳的形状。可以说，贝是在花费毕生营造自己的形状，然后死去。不过，贝无法从贝壳外看到自己的形状。这些尖峰，这些纹理，它们一定都一无所知。"

就这样，贝壳被海浪冲刷着，出现空洞，出现断裂，改变形状，最后变成沙子。贝壳是由碳酸钙构成的，是一种生物生产的矿物。贝壳粉碎后沉入海底，沉淀物就是石灰岩。而那些石灰岩变质后就是大理石。

千姿百态、五颜六色的美丽贝类们，最后破碎了，混杂在一起，凝固后变成石头。一切生物都要经历诞生和死亡的过程,残留的贝壳也会改变形状,化作大地。

"不管怎么说,真是千姿百态啊。"

维那斯骨螺、银杏螺、旋梯卷管螺。我将贝壳的名字一一说明。

"你知道得好详细啊。这个好像宫殿。真的是这种形状吗?"

他指着卷管螺的铜版说。

"是的,全部都是实物本有的形状。"

"好神秘,真是不可思议啊。"

今泉先生笑了。

我取出印墨,搅拌好。然后用胶皮刮刀挖了一些墨抹到铜版上,刮平。再用寒冷纱、毛呢,还有人造丝来擦拭版面。

今泉先生在离我稍远的地方开始进行自己的制作。今天没有其他人,也听不到外面的声音,工作室里面十分安静。

我拿着铜版,站到压印机前,把铜版摆在底板的纸上,又把润湿了的版画用纸放在上面,再蒙上衬垫用的布和毛毡。最后,调整了一下压印机的压力,转动摇柄。底板从滚筒下面缓缓通过。

掀开毛毡与垫布,我捏着版画用纸的两端,慢慢拿了起来。

看到贝壳的图画了,印得有点淡。

"啊,很漂亮。"不知什么时候,今泉先生站到了身后,"这叫什么贝啊?"

"小海狮螺,是个只有两厘米左右的小不点儿。"

今泉先生在旁边注视着纸。

"墨有点淡了吧?"

"是的,可能要增加些压力才行。好久没有印了,好多要领都忘记了。"

"不不,能印出这个水平来,完全可以请你来做讲师了。"

"哪里,铜版我现在已经——"

我想说放弃了,但还是闭上了嘴。

"太可惜了。说让你来这里工作是开玩笑的,但还是应该继续坚持创作吧?你工作很忙吗?"

"不,只是……我已经弄不明白表现是怎么一回事了……"

我支支吾吾地垂下了头。

"表现是翅膀。"

听了今泉先生的话,我不由得抬起了头,看见一张充满自信的脸,注视着远方。

翅膀?我呆住了。

"啊,这句话只不过是我的现学现卖。"今泉先生苦笑地看着我,"应该说是精神的翅膀吧。"

我望向今泉先生注视的地方,不禁愣住了。墙上挂着一幅版画,海面上浮现着一对翅膀。不是鸟,只是翅膀。真是不可思议的画面。

"飞翔本身并没有什么意义,因为想飞才飞,能飞才飞,仅此而已。但是飞翔需要技术。不仅要靠与生俱来的天赋,还需要技术……想飞,可是没有掌握飞翔技术的人,是飞不起来的,对吧?"

今泉先生深深地叹了一口气。

"能飞的人应该飞翔。我是这么想的。"

"也许是吧,不过……"我吞吞吐吐地说,"过去,我和朋友们也办过展,可突然觉得很空虚。到底是为了什么,或者说,我不明白自己是为谁而创作。只能想到是为了自我满足……"

"不过,有观众来看展览,对吧?"

"是有一些……基本上都是熟人。"

"最开始都是这样的。所以会觉得没有反响。"

我想,不是那样。能让朋友来看,我就心满意足了。我也没想要出名。我只是想让自己的作品得到自己重视的人的认可,想得到对方的理解。

"不是有一种叫'漂流瓶'的东西吗?好像是策兰吧?他认为诗是装在瓶子里被投入大海中的信。不知何时会被冲到何处的岸边,也许会冲到心灵的岸边……"

"漂流瓶……"

记得在大学课堂上,我曾经听到过这样的话。

我记得说的是,航海者在快要遇难的时候,会把信封在瓶子里投入大海。很多年后,这些漂流瓶漂到某处的海滩上,被素不相识的陌生人开封。我记得老师说,写诗就像是这样的事情。

"不过呢,瓶子很难漂到岸上的,所以要抛很多到海里才行。这样的话,总有一个会被什么人捡到。"

今泉先生笑了。

4

这天,我只印了三张画就离开了今泉先生的工作室。

作品需要晾干,所以留在了工作室里。我只把铜版拿了回来,有的地方还想稍微修改一下。本来没有想那么大张旗鼓的,结果回到家里,考虑了一下,最后还是打开箱子,取出了工具。

第二个星期天,我又去了今泉版画工作室,用修改好的铜版重新印了一次。本来想只印两三张的,不知不觉,一连印了好几张。回家时,街上已经暗下来。

真是的,自己在干什么呢? 我苦笑了一下。

走在一番街上,我想起了三日月堂。弓子小姐对版画有兴趣。虽然不是很满意,但现在手里拿着上周的作品。

就顺路去看看吧。

我拐进通往鸦山神社的小路。已经七点多了,这么晚,门还开着吗?我边走边想,远远看见三日月堂亮着灯。

"啊,昌代小姐。"正在机器前操作的弓子小姐抬起了头,"上次谢谢您的点心。"

"是我该谢你,让我看了各种各样的东西。在忙吗?"

"是的,印活动的宣传单。"

弓子小姐面前的机器上,放着一沓明信片大小的印纸。

"这个也是印刷机啊?"

我指着一台四方形的机器问道。

"这是名叫德迈克的小型自动印刷机,印刷大量明信片和名片的时候会使用它。您今天……"

"啊,不,今天也没有什么特别的事……"

"不是那个意思,我是说,今天发生了什么好事吗?我觉得您的表情好像跟上次不太一样。"

弓子小姐微笑着说。我愣了一下。好事……能算是好事吗?我也不知道。不过,的确是有了"什么事"。

"是这样,那之后,我试着印了几张版画。我把以前的铜版找出来,在这附近找到了一间版画工作室。"

"真的吗?好想看看啊。"

"其实我就是刚从那里回来……"

我打开画夹,拿出版画,递给弓子小姐。她"哇"地叫了一声。

"贝壳?好漂亮啊。"

"不行,这个还很不足……这是上周印的,觉得不是很满意。今天重新修改了版,又印了几张,因为要晾干,所以就放在工作室了……"

"不过,这个也很漂亮。"弓子小姐把版画捧在手上,凝视着,"好细腻啊,还有朦胧可见的线条……"

"铜版我也带来了,要看吗?"

我从包里取出铜版,递过去。弓子小姐凑近看了看,然后从书桌里拿出放大镜。

"啊,凹陷处要积满墨,原来就是这个意思啊。"

弓子小姐一边用放大镜观看一边说。

"终于明白了。高中时曾经印过,还以为脑子里已经理解了。"

弓子小姐一会儿把铜版倾斜过来,一会儿又凑近铜版观看。

"凸版是把想着墨的地方凸出来,凹版则是刻线的部分印出来。"

"是的,线条是铜版画的魅力所在。在雕版的技法中,不是使用刻针,而是用雕版刀。可以刻出用文具无法描绘的细线,甚至是只有头发丝十分之一那么细的线条来。"

"太厉害了。"

"在干刻的技法中,用针刮擦后的地方会有隆起,产生'毛刺'。那里也容易积墨,所以才会形成朦朦胧胧的线条。这正是它的妙处所在……"

"您特别钟爱版画吧?"弓子小姐微笑着说,"难怪呢,我就觉得您今天的表情非常……开心的样子。"

"是吗?"

我这才发觉自己在忘我地说个不停,不禁不好意思起来。

"话说回来,你刚才是在印……"

为了转移话题,我看向自动印刷机。

"啊,是之后川越要举办的活动的宣传单。"

弓子小姐放下铜版,递过来一张印好的明信片。

"袖珍书市……"

"在点心店小路附近的一家很小的旧书店举办。一番街观光问讯处有一位熟人介绍给我的,说这是一个与活版印刷很契合的活动,所以想委托我来做。据说要召集袖珍书的作者来摆摊。"

袖珍书……我翻过明信片看了看,上面印

着作品的彩色照片。

"彩色照片……这个也是在这里印的吗?"

"不,在我们厂只是印文字。先用胶版印照片,再在上面印文字就可以了。"

"还可以这样啊。"

我注视着图片。都是一些可以捧在手掌里的小小的书,都做了硬精装的封面。里面也印着文字,可以阅读。

"好棒啊。虽然很小,但的的确确是书。"

"是的。看了实物,会更吃惊的。"弓子小姐从里面的书桌抽屉里拿出一件四方形的小东西,"这是那家旧书店老板送给我的。"

那是只有五厘米见方的小书,还是布面精装。靠近书脊的一侧,还做了方便打开封面用的沟槽,书名部分是一个凹陷的方框,另贴着一张纸,写着书名《集云》。

此外还有环衬、衬纸、扉页。正文的每页都印着一幅当天的云彩的照片,下面记载着日期、观看地点、云彩种类的名称。

"虽然很小,但的确是书啊。连花布和书

签带都有呢。"

花布是指贴在书脊内侧的布，既能加固装订，又有很强的装饰意义。书签带是代替书签用的线绳。封面、环衬、花布、书签带的组合搭配，可以看出做书的审美水平。

"现在很少能看到这么一丝不苟做装帧的。"

"是啊，我也经常欣赏它。正因为小，就更容易被吸进书的世界里。你看过佐藤晓的《谁也不知道的小小国》吗？"

"嗯，小时候读过。"

那是一本讲述小矮人国度的儿童文学。

"里面有一个'小矮人通讯社'，您还记得吗？"

"记得，是小矮人办的报纸。"

"对的，我小时候就特别在意这个。也许是因为住在印厂的缘故吧，我想象着小矮人们的铅字到底有多小，满心期盼着好想看看那些报纸啊。我曾经打算用标读音的小铅字编报纸，被爷爷骂了一顿。"

"如果是在这里，确实会产生试试看的想

法呢。其实我在大学时代也学过装帧，当时有一门图书装帧与修复的短期课程。"

"是吗？所以您对做书很熟悉。"

"我喜欢'书'这种事物，曾经制作过几本普通的书。我对藏书票也很感兴趣……"

"藏书票，就是贴在书环衬上的纸片吗？"

"对的。记载藏书人姓名的纸片。一次要做很多张，所以多半用版画来制作。"

这原本好像是欧洲的习惯，藏书票上标着"Exlibris"的字样、藏书人的姓名以及象征着藏书人的图案。日本也于明治时期引介了藏书票，委托知名画家和版画家制作藏书票的藏书家层出不穷。

"因为是一般不会公开展示的东西，所以会透露出所有者个人的趣味。所有者与画家的关系越密切，就越会制作出杰出的藏书票，甚至有专门的藏书票收藏家。"

"昌代小姐也做过吗？"

"嗯，有几次是受熟人之托。如同是专门为那个人营造的小世界，有一种与一般制作截然不同的乐趣。因为是与委托人一边讨论一边制作的，只有自己的话是不太可能做出来的。"

微型世界极具魅力。贝壳的作品逐渐变小，也许就是受到了制作藏书票的影响吧？

"不是装在画框里挂在墙上，而是捧在手心里欣赏，一个人在近处悄悄地看。也许我憧憬这种形式吧。"

捧在手心里，在近到可以听见呼吸声的距离内，让什么人悄悄地看。我很想创作出那样的作品。

就像这本袖珍书一样。

"我也在博物馆看过过去的袖珍书。不过，触摸和翻看，这还是第一次。还真的有人做这个啊。"

"爱好者好像还不少呢。这次办的活动就是召集这些人参加。您看，这里……"

弓子小姐又拿起刚才的宣传单，指了指收信人那一面的下方。那里登载着报名方法和一周后截止的注意事项。

还来得及。

我在脑海里喊出了声。想什么呢？我晃了晃脑袋。报名又有什么用？又没有可以拿得出的作品。

不过，离举办活动还有将近两个月。现在马上制作……

"其实我也很想参展。"

传来弓子小姐的声音。

我吓了一跳，茫然地望着她的脸。

"看着这个袖珍书，手会痒痒……我很想用活版印刷来试着做'书'。虽然有些欠考虑。"她哈哈笑了，"我只会排版和印刷，不会装帧。要是把印得细细长长的印刷品，以风琴页的形式折起来放在盒子里，不是也很像袖珍书吗？关键是内容……写些什么好呢？还是……"

"咱俩一起来做吧。"

话未斟酌就脱口而出。

这回轮到弓子小姐呆呆地望着我。

"对不起，刚认识没多久就说这些，有点奇怪吧？我正好也想试试呢，看了这个袖珍书就这么想了。普通尺寸的书我做过，虽然尺寸不同，但应该可以活用经验吧。"

"真的吗？"

"嗯，如果这个贝壳的版画能够做成书的话……"

可以捧在手心里的作品。

请什么人捧在手上，独自欣赏的作品。

袖珍书的形式可以实现这一点。

"把版画变成书……"

几张连在一起的形式很吸引人，文字的巧妙组合也富有魅力。绘画应该是一幅独立的作品，配上文字会削弱其魅力，经常会有人这么说。但是，我已经离开版画的世界很久了，觉得自己没必要再受这些束缚。

"要是能那样，可就太好了……"

"问题是如何合二为一，对吧？"

听我这么说，弓子小姐点了点头。

"如果同样是用刻针来手工刻画，给铜版画添加文字很简单。不过，如果是手工的话，就会成为绘画的一部分。我不想做成像干刻法那样朦胧的线条，我想体现活版那种清晰的文字效果。"

"我觉得可以在印好版画的纸上,再印刷文字。"

弓子小姐说。

"那样行吗?"

"嗯,就跟这张宣传单一样。如果是版画使用的纸张的话,也容易着墨。在版画上印刷,我会比较紧张,但如果用手动式平压印刷机一张一张小心谨慎地印的话……"

"那,最后就剩下怎么装订的问题了。"

版画不能两面印刷,要么印成跨页用胶装订;或者是一页一页印刷,然后用线装订……

"如果全书都用版画制作的话,造价会相当惊人。"

弓子小姐笑了。

"是啊,做成成本太高的东西也卖不出去啊。"

我也苦笑了。

"但是,我觉得本来就不会是销量很高的东西哦。本来干刻的铜版就印不了几张,最多五十张左右。而且,如果是手工装订的话,数量会更有限。价格不菲,仅限几十册。说不定哪天就会被喜欢的人买走,这样也不错。"

"是啊,做得不上不下反而难以做好。"

放什么文字呢?虽然贝壳的名字不错,但如果是诗或者短歌,也许更有深度。说着说着,想象在不断拓展。

"不知不觉就决定要创作了呢。"

总觉得有点好笑,我禁不住笑了。

"对不起,把您也给卷进来了。"

弓子小姐道歉说。

"哪里哪里,是我来这里才两次就……"

我轻轻地舒了一口气,忽然想起广太给我的"淡雪"的名片。

"看到那张'淡雪'的名片时,我的心被触动了,不禁想到文字是一种很短暂的东西。"

"很短暂?"

"嗯。虽然可以深深地印刻下来,却又觉得很短暂。像草一样,深深扎根于纸上。但是,不,正因为如此,才像生物一般短暂吧。"

印刻在宛如白云的纸上的黑色字迹，令我感到无助又温暖。如同一个活物在那里生息，不知何时会死去，会消失。

淡雪出生后不久就死了，但那张名片如同足迹一般留了下来。但那也会……

"因为纸也是很短暂的东西啊。"

弓子小姐说。

"很容易破，又容易烧毁，跟刻在石头上不同。"

其实纸也意想不到地坚韧，倘若保管状态良好的话，据说可以保存千年。有些纸就是这样保存下来的。一旦着火，就会立刻化为乌有。

"我觉得，印刷品是语言暂时的形象。与其说是'保留'，不如说复制语言，'传达'给更多人才是它的目的。真正重要的是话语本身，即使那些纸没有了，只要写下的语言留在人们的心里，目的也就达到了。"

语言暂时的形象。

如果这么说，人也是很短暂的啊。或许我

们也都是灵魂暂时的形象。身体如淡雪一般，不知何时会消失，不会留下任何痕迹。

"在那张名片的引导下，昌代小姐来到这里，说不定也是某种缘分吧？"弓子小姐叹了一口气，"我很想跟您一起做袖珍书。这不是工作，对我来说，也可以算是一种'表现'吧……"

我望着空中，如同在寻找话语。

"也就是说……等于是昌代小姐和我的合作吧。"

她坚定地说着，神情严肃地看着我。

"合作？"

"昌代小姐负责版画、装订。我来排版、印刷。文字部分两人一起构思。所需费用加起来两个人平摊，袖珍书的利润最后结算。怎么样？"

"明白了。一起做吧。"

我缓缓答道。

与版画一起加入怎样的文字，弓子小姐好

像若有所思。她说有一首写贝壳的童谣般的诗,小时候读过后印象深刻,但题目与作者都记不得了,所以打算下次去图书馆查查看。

回来的路上,我走在夜幕下的一番街,心里如同亮着明灯,暖乎乎的。当经过鸡蛋年轮蛋糕店前面的时候,一种不可思议的情感涌上心头。

最初,就是带着它顺便去了那里,没想到发展成了不得的状况。

不过……

果然创作很开心,与人相处很开心。

街上的灯光显得辉煌灿烂。

5

从那天起,每天回到家,我便埋头刻版。

我很想追求一种由"毛刺"造成的抑扬顿挫,但是为了表现出贝壳的硬质感,又不想让画面太涸湿。于是我决定使用钻石刻针,可以比普通针刻得更加光滑,然后再用刮刀把"毛刺"刮平一些。

有时下班后,我也会顺路去今泉版画工作室。平常的日子,如果晚上去,会有许多工作室所属的画家和研究生也在那里。这是一间气氛很融洽的工作室。我想,大概是因为今泉先生总是能营造出一种柔和的氛围吧?

在家里望着那些贝壳和以前的速写本，我不由得回想起住在海边时的情景。

虽然是跟幸彦两个人住，却没有家人的感觉。也想过大概什么时候会结婚，最终也没能下定决心要孩子，和这个人生活一辈子。

自从开始创作贝壳的版画，我如同走火入魔一般一直埋头创作。我觉得，终于找到了自己想创作的东西，下班回家就马上刻版，一到休息日就往工作室跑。

那时候，我很想成为"什么"，焦急地想要成为"什么"。并非想出名，也并非想挣钱，只是想能挺着胸膛对别人说"自己是这样的人"。

当得知画廊邀请群展的其他成员办展，或是听传说大学同学获得什么大奖时，我心里总是不很平静。

不过，我最终也无法创作出别人想要的东西，更无法刻意兜售自己的作品。只是迷迷糊糊地创作着自己喜欢的作品，在不会受到任何人评价的地方悄悄展出，想着总有一天会被什么人发现，考虑的都是一些自我安慰的事情。

刚开始交往时,幸彦对我的创作活动很支持,也会来看我的群展作品。他说,虽然他不懂艺术,但有自己的世界的人,真好。

可是,我觉得这些话很肤浅,都是表面的客套话。幸彦究竟对我理解到什么程度,我很在意。我向他征求感想,也得不到我预想的评价。不是很好嘛,我觉得挺漂亮。每次被淡淡地敷衍之后,我心里都会像起肉刺一般疼痛。

"不是的,我是问你,有什么感觉?"

"什么意思?我觉得很漂亮啊,刚才也说过了。"

"所以,不是这些,是更……"

说到这里,我噎住了。更什么呢?自己想要什么样的评价呢?连自己都不太清楚。

"所以说,什么版画的技术啦,艺术的奥妙啦,这些我不懂。就说漂亮,难道不行吗?"

幸彦显出很难过的样子,沉默了。我想,他大概根本就不关心吧。只是怕我不开心才表扬的,对作品根本就没有兴趣吧?

"你到底想说什么……我总是无法理解。"

无法理解。这句话直刺我心。如同是说，自己的作品无法传达到任何人的心里。让我觉得，自己的心愿就是一种异想天开的任性表现。

我不再让幸彦看自己的作品。倘若再被他那么说，我就无法继续创作了。我在房间里自己一个人坚持创作，渐渐地幸彦不再回家了。

就这样没多久，幸彦与别的女人交往了。一开始，我还没有发觉。

回想起来，我从很早以前，就是一个对别人的内心感受很迟钝的人。身边的人无论是悲伤还是痛苦，我脑子里虽然也明白，但只会呆呆地发愣。

那边已经有了孩子。幸彦一筹莫展地领着那个女人回家的时候，我也只是傻呆呆地说了一句，啊，是吗？就再也不知说什么好了。

对待自己的内心，我也很迟钝。实际上，自己的身心已经遍体鳞伤，可那时的心情无法言喻，既不能说是悲伤，也不能说是绝望。自己应该摆出什么样的姿态？甚至不知道该哭好,还是该愤怒好。

"我想把孩子生下来。"

女人眼含泪水竭力倾诉的时候,我也只会说,是吗?身体如同裂成两半,里面的东西全都掉了出来,可我并没有憎恨眼前的女人,或是对她产生不可原谅的心情。

也不知该如何回答,只知道,眼前的这个人是如此不顾一切,所以,自己应该让位了。

女人先出去了,幸彦对我说了"对不起"。我什么也没有回答。幸彦把至今的事情坦白了。听到一半,我不想再听了,就捂住了耳朵。

"你为什么什么话都不说?"

幸彦突然声嘶力竭地叫喊起来。

"事到如今,都是你的错!"

我不明白自己为什么被他这么说。我太寂寞了,幸彦说。他还说,我们之间无法沟通,你根本不需要我。我说,没有那样的事。但是,事实怎样,我也不太清楚。

需要是什么意思?我呆呆地望着幸彦。

"已经无法挽回了。你总是像贝壳一样封

闭着心扉……"

像贝壳一样……这句话猛地扎进身体的深处。

"我本来以为……"

以为什么？他在期待我什么？

幸彦似乎不愿意自己说出结论。所以，我说了，给我一周时间。我一边收拾行李，一边寻找下一个家。

下一个家定在离老家不远的川越。哪里都行，我已经没有重新开始的力气了。所以，选择了熟悉的地区，租了一间小小的公寓。搬行李，把钥匙放下，我便离开了海边的家。

搬到了新家，感觉有一种很亲切的味道。我在榻榻米上蜷缩着身体睡了一个晚上。放弃版画吧，我想。幸彦说他太寂寞了。我的版画不该是让人产生那种心情的东西。

反正也是徒劳的，也无法留下作品。既然如此，为什么还要坚持创作呢？是虚荣吗？还是想得到什么人的理解吗？理解什么？自己真正想要的是什么？为了一个任何地方都不存在的东西,失去了最宝贵的东西。

最宝贵的……

幸彦最宝贵吗?

房间里"嗖"地吹进一股冷风。我猛然发觉,自己什么也没有留下。

我把跟版画有关的物品装进箱子,收到了壁橱最里面。我已忘记了自己想要成为什么,是怎样的心情。现在想想,那时候的苦闷很不可理解。

然而,我又像这样在刻版了。

"昌代真好啊。"

想起幸彦有一次说过这么一句话,好像是我开始搜集贝壳的时候。晚上,我在家里给他看拾来的贝壳时,幸彦这么说。

"好什么?"

"好在拥有自己的世界。你在想什么,我无从知晓,但我能想到家里有美丽的事物。"说着,他高兴地笑了,"对我来说,昌代就像那些贝壳一样。"

那时,我好高兴。

我发觉自己流泪了。自己被说成像贝壳的时候，高兴极了。但那最后也变成了"像贝壳一样封闭着心扉"。

就在这时，电话铃声响了。我猛地一震，抓起了电话。

"是田口小姐吗？"

是内山老师的声音。

"也没什么特别的事情。听说你常去今泉的工作室？"

"是的。想印点东西，最近去了几次。"

"是吗？太好了。我就是惦记这个……"

老师为我担心了。想起老师的笑脸，我心里一阵欢喜。

"今泉那里怎么样？"

"是个很不错的工作室呢。压印机很齐全，氛围也好。今泉先生和工作室的其他人都很和蔼可亲……"

"那太好了。今泉身体还好吧？"

"嗯，跟以前见到时大不一样了。开始我还以为认错人了呢。不过，现在他人很温和……跟他说话，觉得心平气和。"

不仅仅是温和。从前他给人的印象是一个精力旺盛、一味讲述自己作品的人，上次却一直在听我述说，而且颇具洞察力，谈着谈着，几次令我为之一震。

"他还在创作吗？"

"嗯，好像在印什么东西，说是明年要举办一个什么大型的个人画展……"

我想起工作室的一些老会员在议论的事，便说道。

"那说明状态不错……太好了。"

内山老师长长地舒了一口气。

"状态不错？……难道今泉先生出了什么问题吗？"

"不……这样啊，你什么都没听说吗？"

我总觉得老师的语气有点让人不放心。出了什么事？那种变化的确令人觉得不单单是岁月打磨的缘故。

"田口小姐还记得以前去看他的个人画展时见到的今泉太太吗？叫澄子，小巧玲珑的那个人。"

今泉太太?这么说来……那时是跟今泉先生在一起的。她也兼任今泉先生的助理,好像是一位拓印师吧……

"嗯,记得。是做拓印师的那位吧?您说过她是您的大学同学……"

"今泉和澄子都是我大学的同学。他们俩在大学期间就交往了,毕业后很快就结婚了。她本人也是一位很出色的版画创作者。"

"是什么样的作品?"

"蚀刻版画,一直都是翅膀的画。作为毕业作品创作的《翼》,真的是很棒。"

翼。我不禁一愣。工作室墙上挂着的那幅作品,莫非就是……

"是翅膀浮在海面的作品吗?"

"对对。"

"我看到了。挂在工作室的墙上。"

"那幅作品获得的评价相当高。不过,因为今泉在大学期间获得了大奖,成了红人,所以结婚后,澄子就一心一意做今泉的拓印师。

可是……"内山老师的话语停顿了一下,"澄子去世了。"

"欸?"

"大概在田口小姐离开我这里不久。是交通事故,旅途中的巴士出了事故。他俩一起乘坐了巴士,今泉受了一点擦伤,而旁边澄子却死了。"

怎么会这样呢?我想,却说不出话来。

"今泉很长一段时间无法振作起来。两个人相邻乘坐同一辆巴士,澄子坐在靠窗的座位,今泉坐在靠通道一边。他怎么也想不通。今泉说他再也不创作版画了,把自己关在房间里。"

是这样啊,我想。今泉先生之所以跟以前不太一样,原来是因为这些啊。以前见到的今泉先生充满了自信,一副只要想得到就无所不能的样子。

"不过,大概是三年前吧,他突然说要开一间工作室,说要为今后的新人们创造一个可以自由创作的空间。"

——能飞的人应该飞翔。我是这么想的。

耳边回响着今泉先生的声音。

"澄子死后,今泉一直很后悔。早知道这样,就不该让澄子做自己的助手,让她创作自己的版画就好了……其实也不是今泉硬让她做的,是澄子自己主动要求的。大学毕业的时候,我和澄子两个人长谈过一次。那时,她说过一句话:'表现是翅膀。'"

——表现是翅膀。

今泉先生说,我这也是现学现卖。这原来是澄子女士的话啊。

"她自始至终都在刻翅膀的画。开始是刻鸟的画,可是从中途开始,渐渐地变成只刻画翅膀了。曾经被周围的人笑话说,你不觉得腻吗?那一定是她用来表现自己的翅膀吧?"

海面上浮现的翅膀。强健有力,优美迷人。如同看到了生命本身。

"毕业创作展之后,我对她说了感想,说那对翅膀非常棒,远远超出以往作品的水准,让人感到是有灵魂的翅膀。她听了笑着说,那是今泉啊。"

"今泉先生的翅膀?"

"对。那时候,他们已经决定毕业后马上结婚,她已经打算做今泉的助手了。我问她,就这样,你觉得合适吗?她说,也不是要一辈子都做助手,时机到了,她也会创作自己的作品的。不过,现在向世间推出今泉的作品更重要。"

内山老师"呼"地叹了口气。

"我很吃惊。我是因为被今泉超越才开始发奋的。但是,澄子的人生是有期限的。我的意思是说,不能错过这个时期。但是她说,人人都有翅膀,现在今泉的翅膀比自己的翅膀大,而且强健有力。所以,想让他飞得更远。"

竟然有人会这么想。我也惊呆了。我很理解内山老师想说的话。我也是如此。身边有人成功,自己就会觉得被抛下了,无法心平气和。

"她笑着说,今泉曾对她说过'别这样',还说'要以我一人的能力,实现两人的梦想,太沉重了'。今泉也希望澄子能够创作自己的作品吧？不过，开始画家的生活之后，才发现并非那么简单。"

"没有拓印师的协助，版画家是无法完成创作的。"

"是的。而且，没有人能比澄子更能体谅今泉的心情。澄子从一开始就很明白这一点。"

内山老师长长地叹了一口气。

"我说服不了她。澄子说'那对翅膀就是今泉'的话，请一定保密，连今泉本人也不要告诉。"

"那，今泉先生不知道吗？"

"啊，我没有说过。本来澄子去世后，我想说的，但还是没有说出来。"

"为什么？"

我这么一问，内山老师沉默不语了。

"其实，我也喜欢澄子。我想澄子也觉察到了。所以，翅膀的事，她只对我说了，肯定是这样。"

过了一会儿，老师有些支支吾吾地说。

"今泉开办工作室,大概是心里还想着澄子吧,没有完全展开翅膀就死去了的澄子。"

那间工作室里的柔和氛围,大概就是由这种思念产生的吧?

"总之,翅膀的事,我一辈子都不会对今泉说的,已经这么决定了。"

"为什么呢?"

"因为他会发怒的,如果知道我也喜欢澄子的话。澄子和我之间只有那么一个秘密,不是也挺好的吗?啊,都说出来了。"

老师哈哈大笑起来。

"听说今泉最近又开始创作了。工作室来了新人,我想,今泉的翅膀也应该渐渐复活了吧?"

我想,老师在担心今泉先生吧?说不定就是为了探听他的情况,才把我介绍到今泉版画工作室。那也没什么不好。因为我自己也觉得去了那里,见到了今泉先生,真是太好了。

"田口小姐的翅膀也复活了吧?下回我去玩时让我看看你的作品。"

"可能跟内山老师想象的形态不同哦。"

"形态不同?是什么形态呢?我很好奇。"

"保密。"我笑了笑。如果得知是袖珍书,老师会是一副什么样的表情呢?

6

周末,我又去了三日月堂,跟弓子小姐决定了用纸和装订方法。

试印了几种版画用纸后,我们选出了适合活版印刷的纸张。尺寸为长五厘米,宽四厘米。正面印版画,背面加上活版的文字。在两张纸之间垫上和纸,然后用线装订起来。

垫纸这种方式,可以用于装订厚纸和照片这类不能折叠的纸。先用和纸把两张纸接在一起,再用线把和纸的部分装订起来。

"噢,对了。我想放在袖珍书里的诗,终于找到了。那之后我一直在思索,终于想起来了,作者是新美南吉……"

弓子小姐说。

"是《小狐狸阿权》的那个作者吧？"

"对的。我上次到图书馆去，把书借来了。那是一首叫《贝壳》的诗。"

弓子小姐翻开了《校定新美南吉全集第八卷》。

贝 壳

悲伤的时候，
吹一吹贝壳吧。
合起两扇贝壳，鼓足气。
轻轻地吹一吹吧，
吹响贝壳。

即使谁也
听不到这些声音，
即使悲伤地消失在风中，
起码可以温暖
自己。

轻轻地吹一吹吧，
　　吹响贝壳。

　　眼前展现出一片大海，仿佛可以听到波浪的声音。
　　"真好。"
　　——起码可以温暖自己。
　　虽然有些伤感，但是很温暖。语言可以渗透到体内。
　　"就用这首诗吧。我觉得好配啊。"
　　"太好了……最初看到昌代小姐的版画时，我也是马上就想到了这首诗。"
　　弓子小姐舒心地吐了一口气。
　　"每一行放上一张版画的话……除了空行，一共是十二行，也就是说，需要十二张版画。"
　　弓子小姐一边数一边说。
　　"扉页也想放一张，这样一共十三张……"
　　"最后留一页只放版画也很好啊。这样的话，就是十四张。能行吗？"

"嗯。已经有十一张决定使用的版，那些直接印就可以了。新刻三张，问题应该不大。不过，考虑到装帧要花时间，印数还是限定为二十本左右吧。"

"是啊。"

弓子小姐微微笑了。

已经成版的十一张，下班回家时我会顺路去工作室一张张印好，再送到三日月堂。

剩下三幅，我选出尚未刻画过的贝壳，晚上一点点加快刻版的速度。

两张已经定好主题，最后一张刻什么，怎么也定不下来。翻找箱子里的贝壳时，从箱子底下翻出一枚硕大的贝壳。

天使的翅膀。

是倾斜的细长形双壳贝。把两片洁白的贝摆在那里，恰似一对天使的翅膀。这是幸彦送给我的，说是到美国出差时，在路边摊发现的。

——我想昌代会喜欢这种吧?

从皮箱里拿出一件用毛巾裹得一层又一层的东西，解开后，露出了这个雪白的贝壳。我觉得它好像一对翅膀。我曾在图鉴上看过，但看到实物还是第一次。

我还没有画过这只贝壳。因为它太大了，又或是因为太完美了，但这些都是借口。其实是因为这是幸彦送我的唯一一枚贝壳。

我们曾经一起在海滨散步，一起拾贝壳。在外地旅行，当我买贝壳的时候，他也会陪着我。不过，幸彦送我的贝壳，只有这么一枚。

望着像翅膀一样雪白的贝壳，我想，就刻它吧。

星期天，我带着三幅刻好的版，去了今泉版画工作室。工作室里空荡荡的，只有今泉先生一个人。今泉先生好像加快了创作速度，在埋头作业。

我把纸浸在水中，又把墨填进版里。然后，站在压印机前面，把底板上的版与纸对齐。调整好压印机的压力后，开始转动摇柄。

"田口小姐,听说你在制作袖珍书?"

不知放上第几张纸时,传来一个声音。不知何时,今泉先生站到了压印机对面。

"我可以看看吗?"

"可以。"

今泉先生把脸凑到印好的纸上,又望着摆在台子上的版画。当看到细长的双壳贝时,今泉先生的眼睛猛然睁大了。

"这是……"

"这是天使的翅膀。"

"天使的翅膀?"

"其实是一个很大的贝壳。以前一直没有刻过,不过现在想刻这么一个形状不同的双壳贝。"

"造型真的很像翅膀哎,好漂亮。"

今泉先生抬起头,望向远处。视线前方是澄子女士的《翼》。

啊,我忽然想到。想去刻画迄今为止没有刻过的天使的翅膀,原来是因为那幅作品带来的灵感啊。

我这才发觉。

"那幅作品……"

我小声问道。

"那是我妻子创作的。应该听工作室的人说过吧。"

"我是听内山老师说的。上次在电话里。"

"内山啊……"

"以前在画廊看画展时,我见过澄子女士。"

"这样啊……"

今泉先生抬起头,望着空中。

"已经过了很久了。"

今泉先生深深叹了一口气,走近挂着《翼》的墙边。

"澄子是个好画家,却只是做了我的拓印师……那时候的我,以为澄子就那样也会满足……不,不对。是我后来习惯了那种状态,根本没有去考虑澄子的心情。"

"内山老师说澄子女士是想通了才做拓印师的……"

"想通了。可是……是不是很满足,我不

知道。"

今泉先生使劲儿咬住了嘴唇。

"我觉得澄子为我做的事都是理所当然的。那时候,我很没有自信,拼命想保全自己的自尊心。所以,有时候也对澄子大发雷霆,可澄子没有生气。过后,我发觉是自己乱发脾气,又觉得自己很可悲。我曾经觉得澄子是一个完美无缺的人,让我想逃离。"

今泉先生指着澄子太太的版画。

"说'表现是翅膀'的,是澄子哟。我把澄子的翅膀扭断了。她没能创作出自己的世界就走了。"

温和平稳的声音在微微颤抖。

"澄子走之前,我身边从没有人死去。父母、祖父母都健在,所以我根本没想过人会死。可是人简简单单地就没了。昨天还在,今天就没了,而且再也回不来了。"

今泉先生闭上了眼睛。

"我无法原谅自己。我什么都不能为她做,看到澄子的东西实在难受,我就全部收到了澄子的房间，没有去动过。"

"那，这幅版画也……"

"她把它收藏在自己的房间里。因为要搬家，没有办法，我才踏入了澄子的房间。我感到亲切、温暖，又痛苦。那时，我才发现了装这幅作品的箱子。"

说到这里，今泉先生深深叹了一口气。

"因为是一只曾经见过的箱子，我小心翼翼地打开，看到里面是这幅作品……我哭了。我本来想，自己再也无法创作版画了。可是，看着这幅作品，心如同被这对翅膀紧紧拥抱。我想，澄子的翅膀没有掉，还在这里呢。有这么美丽的翅膀，可是没有飞翔就结束了。所以……我有一段时间不能潜心创作，但是，我可以为有翅膀的人创造空间，可以帮助那些像澄子一样有翅膀的人，这是我的使命。"

我注视着今泉先生的侧脸。

"所以，我开办了这间工作室。首先把澄子的版画挂在了墙上。很不可思议，创作版画的人们聚集而来。看着这情景，我也渐渐变得想飞了。"

"原来是这样啊。"

"不过,我不会创作像以前那样的作品了。因为我的世界已经崩溃。澄子死后,我的世界变成了脆弱得像幻影一般的东西。"

我想起今泉先生充满自信的样子。那时候,旁边有澄子女士。

"但是,刻版的时候,我觉得自己还活着,觉得澄子就在我身边。现在这成了我创作版画的依傍。"

"最近您在创作什么作品呢?"

这么说来,我还没有看过今泉先生最近的作品。

"要看吗?"

今泉先生微微笑了笑,从柜子里取出作品。每幅作品都描绘着大树。不是以前那种幻想的世界了,而是很写实的风景。充溢着光,看得人心里暖融融的。

"在这里开了工作室后没多久。有一天早上,我去附近散步,看到一棵大树,气势非凡。于是我试着用法语喊了一声：'早安！'"

今泉先生"扑哧"笑了。

"啊，是长谷川洁的《一树（榆树）》吧？"

这是版画家长谷川洁有名的逸事。在巴黎郊区的街上漫步时，他看见一棵大树粲然生辉，对他说："早安！"长谷川先生也用法语回答："早安！"他感受到树里蕴藏着生命，创作了《一树（榆树）》这幅作品。

"虽然没有法语'早安'的回答……但我深切地感到，树还活着。树与我都活着。"

今泉先生闭上了眼睛。

"现在我觉得树的形态很有趣……所有树都不一样呢。不光是种类不同，也会因为生长环境而改变形态。光是观察这些，就觉得其乐无穷。"

今泉先生望着我，微微笑了。

"也许跟田口小姐的贝壳有相似之处。"

"是吗？"

对我来说，为什么是贝壳呢？

拘泥于同一事物，这点相同。但树与贝壳

不同。树是活的，今后也会千变万化。可是贝壳不会再改变。或许会断裂、破碎，但没有作为生物的变化。

我为什么会被贝壳吸引呢？因为是遗骸？因为是已经结束了的东西吗？不对。一定是被留在贝壳里的生命的痕迹所吸引。贝壳是贝花费毕生心血营造的形态。那一定是贝的灵魂的形态。

但是……

今泉先生的树，更加鲜活。不是结束了的东西，是现在还在营造的形态。是活着的、变化着的形态。

"您以前的作品也很棒，不过我更喜欢这些。作品本身就像活物一般……"

"现在的我，跟那时候想法不同了。那时候，我在看自己的内部，现在我在看外面。独自一个人毫无掩饰地站在世界之中，已经无法回到原来的位置，不过，这样很好。因为这证明自己还活着。"

已经无法回到原来的位置。活着，永远是

单行线。

我也……下次想要刻一件不同的东西。虽然还不知道那是什么,但希望是活着的、变化着的东西。

"伤痕创造线条。崭新的金属板上面不会浮现任何图画。正因为有伤痕,才会诞生形象,蕴藏生命。没有伤痕的人生,不能算是活着。"

窗外树叶在摇晃着,忽闪忽闪的一片片叶子,如同生命在摇晃着。那些树叶到了冬天,也会凋落吧?

"给你看了真是太好了。我想着要举办个人展,但总觉得心里没底。也一直很想听听工作室里的人的意见,却一直没能拿出来给大家看。"

今泉先生哈哈笑了。

"内山老师好像也很期盼您的个人展呢。"

没有说出他很担心。内山老师也不希望我说吧?而且,"翅膀"的事,他已经决定不说了。更不该由我来说。

那不是澄子女士的翅膀，而是今泉先生的翅膀。今泉先生还一无所知。不过，由于那对翅膀，他已经开始展翅飞翔了。澄子女士真是一位聪慧的人，她把今泉先生的翅膀，留在了自己不在了的世界。

我望着挂在墙上的《翼》。

翅膀两只一对。一只翅膀无法飞翔。

"聊得太久了，不好意思。"

"哪里，很期待您的个人展。"

"也很期待你的袖珍书哦。这个小小的世界，很配袖珍书。田口小姐的世界，大概与其挂在墙上，不如捧在手里更合适观看。"

我吓了一跳，觉得自己心里想的事被一语道破。

"完成后给我看看。"

我一边点头，一边感到心里涌起阵阵波澜。

望着天使的翅膀的版画，我想，那些大概也不是假话吧？与幸彦分手时，我想到以前那么相信他，结果全都是骗人的。然而不是的。

他说"家里有美丽的事物",给我买来了天使的翅膀,这些都是事实。一开始并非什么都没有。

真真切切有过的,不会消失。只是那之后,事情发生了变化。

时光在流逝,人在改变。

——证明自己还活着。

今泉先生的话语在耳中回响。

7

周六,我带着最后三组版画来到三日月堂。

铅字已经排好版。使用版画复印件调整了文字的位置。版画用黑色印墨印刷。考虑到文字如果也用黑色油墨,两种黑色会有微妙的不同,不如干脆使用别的颜色,最后决定文字使用深蓝色。

用同一张纸试印了几次之后,弓子小姐把版画安装到手动式平压印刷机上,神情紧张地拉下控制杆。

文字清晰地浮现出来。

"太好了。总算可以印出来了。"

弓子小姐舒心地笑了。

印刷完毕时,外面已经一片漆黑。版画的背面都印上了文字,印得非常完美。

我们又确定了精装封面上的文字,这些之后会用比版画纸更薄的纸印刷。

"这次我真的很紧张,因为不能失误啊。"

弓子小姐笑了。

"不过非常开心。能有机会协助营造昌代小姐的世界。"

我真服她了,世上还有这样的人吗?比我年轻得多,却能说出这样的话来。

"而且,我觉得自己也朝着自己的目标,向前迈进了一步。"

"自己的目标?是指做书吗?"

"嗯,有这个意思。不过,与单纯的做书又有所不同。怎么说好呢?"弓子小姐歪着头,"我也说不好,我希望能从各方面提高。"

"从各方面提高?"

"过去只有活版印刷,所以,什么都是用活版印刷来做,像文字排版、登载照片,还做花纹边框和装饰。"

"花纹边框?"

"嗯,就是这种东西。"

弓子小姐从柜子里拿出一块长长的金属板,剖面上刻着细线条的图案。

"这就是花纹边框。不仅是直线和点线,还有各种图案。用这个把标题围起来……"

"好精细啊……太厉害了。"

"还要继续学习才行,我也想什么都能做。用活版印刷能做的事情,我想全部都学会。用当今的印刷办不到,但用活版就可以做到的事情,肯定还有。"

"是啊,就像这次一样,在版画的背后印文字,用现在的印刷方法就不行。"

"既然得到了发挥这些技能的机会,只做现在自己擅长的事还不行,要学习各种知识。"

我被弓子小姐的话打动了。

"真希望袖珍书能尽快成形啊。"

"是啊,盼着见到成果。"弓子小姐含笑着说,"对了,昌代小姐,您想不想吃点心?"

"好啊,肚子还真有点饿了。"

我笑着回答。想一想，从中午就一直没有吃东西呢，一直埋头印刷了。

弓子小姐洗了手，进到里面去了。烧水的声音传来。

过了一会儿，弓子小姐端着托盘走出来。碟子里装着鸡蛋年轮蛋糕。

"啊，鸡蛋年轮蛋糕。"

"是的。因为上次的太好吃了，不是有两种口味吗？我就想着要尝尝另外一种口味。"

弓子小姐呵呵笑了。

我把和纸裁成长条，预留间隔后用和纸把两张画纸连在一起，让文字的面与版画的面对齐。间隔太宽会无法受力，间隔太窄又很难翻阅。我先用没有印刷过的纸尝试，调整间隔宽度。

注意着不要组装错了，我用淀粉糨糊把画纸两两贴在一起。贴好后叠起来，压上镇纸，晾一个晚上。作业虽然很单纯，但必须注意不能弯曲，不能错位，不能翘起来。所以一次做不完，前前后后花了几天的时间，一点点推进。

粘贴作业接近尾声时，三日月堂来了联系，说是封面已经印好。第二天下班后，我顺路去了那里。

封面决定使用和沙子一样颜色的纸。上面用藏青色的油墨印文字。标题是"贝壳"，下面有三行比标题稍小的字"新美南吉作""田口昌代版画""三日月堂印刷"。周围用花纹边框围着，很像一部古籍书。

我被那样的姿态打动了。

短暂无常，却刚劲有力。

巍然不动，扎根于纸上，如同活着一样。

"用了花纹边框啊，真的很棒。像古籍书一样，好典雅啊……"

"嗯，上次说过了，格线有很多种类的。最常用的是正格线和反格线。使用格线的铅版的厚度就是格线的幅宽。我把一面的厚度削薄了一些，所以成了细线。这就是正格线。背面粗一些的是反格线。正格线大概有 0.1 毫米，版的厚度有一个点，因此反格线的幅宽也是一个点。"

弓子小姐从柜子里取出好几块细细的金属板。

"其他比较基础的格线还有一粗一细的双线、点线、车缝线、直纹线、波浪线、虚线、双排线……另外,花纹边框也有多种多样。"

"每种形状的格线都有版啊。"

虽然是理所当然的事情,但作为一种有形的东西,还是会令我惊叹不已。

"使用格线时,要切成所需的长度。围成四方形时,要用切线机从两边斜着切。要保证能够纵横组合,角度呈45度。不过,现在没有制作格线的地方了。所以很少会去切,一般是组合现成的来使用。"

"这次呢?"

"横线正好有长度合适的,所以只切了纵线。切线机的使用方法以前学过,但只用过两三回。所以好紧张,不过还是弄好了。"

我望着弓子小姐的笑容,钦佩不已。这个人看上去很温和,其实说不定是一个很果断的人呢。

"这合适吗?这么宝贵的东西……"

"嗯,东西不用就没有意义。"

弓子小姐爽朗地说。我还是有一种在削减格线寿命的感觉,心里很过意不去。为我使用了这么宝贵的东西,我想,制作时一定要爱惜。

我把弓子小姐印好的纸裁开,贴到硬纸板上,做成精装封面。以前做过普通规格的图书,但这个太小,情况不同。由于是一种很细致的作业,所以,一开始很花时间。

贴好了三本的封面和正文,把镇纸压在上面,我祈祷它不要翘起来。

第二天晚上,挪开镇纸一看,小小的书并排摆在那里。我拿在手上,翻开书页。很牢固,没有错位,也没有上翘。

我松了一口气。

贝壳版画,活版文字。

我慢慢地翻着页。仿佛传来了波浪声,昔日的大海展现在眼前。弓子小姐、今泉先生、内山老师、幸彦……

许多人的声音在我耳边回响。一定是这一切的一切都凝聚在这本小小的书里了。

我的贝壳。我轻轻地把它捧在手心。

周末,我带着做好的袖珍书,来到今泉版画工作室。我把袖珍书递给今泉先生。今泉先生先把书捧在手上掂了掂,然后轻轻翻开。

"真不错啊。新美南吉的诗与版画很配。"

湛蓝的天空,一个晴好的日子。工作室院子里的青草开始发黄。我想,冬天就要到了。

"我们准备拿到川越一家旧书店举办的'袖珍书市'活动上展出。"

我又递上弓子小姐给我的活动宣传单。

"我会去看的。"今泉先生说,"终于做了漂流瓶啊。"

"还只是二十本而已,很费功夫。所以,现在这样已经是竭尽全力了。"

今泉先生把袖珍书还给我。

"不,这是准备送给您的。"

"不行不行。"

今泉先生笑了。

"我要在会场购买。毕竟是耗费心血制作的作品啊。"

"可是……"

"只有二十本的话,不早点去会卖光的吧?可以事先预订吗?"

我好高兴,高兴得不知如何是好。

"谢谢您。"

我鞠了一躬。我想,我应该接受和感谢老师的厚意。

我望着墙上澄子女士的《翼》。

我也要起飞了。即使飞得不高,即使飞得不远,即使还不确定前行的方向,我也要尽全力飞翔。

因为那就是活着的证明。

我梦见袖珍书漂流到某处,被什么人翻看着。

我们的西部片

1

大约半年前,我去了一趟那边。

那边,也就是彼岸,或者说"差点去了"更准确。我在公司里心脏病发作。由于周围人多,立刻叫来了救护车,我被送到了医院。

"你很幸运啊,发现得早。"

手术结束后,年龄不详、头发稀疏的医生对我说。好像是比较轻的症状。但是,那之后,说是为了预防并发症什么的,我被关在医院里,住了将近一个月。

我牵挂着公司的事,准备一得到医生的许可,就马上返回工作岗位,可来探病的上司说,目前先休息一段时间吧。

出院后，我又在家里静养了一段时间。虽然终于回到公司，但岗位被换成了一个闲职。我不适合像以前那样从事连续加班的繁重工作，不适合截止期苛刻的工作，不适合严厉训斥部下，不适合与客户进行很劳神的交涉。

中层管理职位没有我的立足之地。我觉得无地自容，甚为尴尬，最后还是辞职了。之后只得搬出公司宿舍，有一段时间，家里只能依靠妻子的收入。一般的房租也无力支付，最后只好决定搬回我在川越的老家。

父亲三十年前就去世了，现在只有母亲住在家里。虽说关系还算良好，但要与婆婆住在一起，我还是觉得有些对不住妻子明美。但是，明美的娘家在外地，现在她不能辞去工作，除此之外，没有别的选择。

由于是继承了祖父母的房产，所以家里还算宽敞，房间数量不少。儿子祐也住我过去的房间，女儿明日香使用妹妹的房间，明美和我住父亲的寝室兼书房。

明美通勤时间变长了，工作也回到了全日

制,每天很辛苦。原来是考虑到要照顾孩子,直到去年为止,都请求她缩短上班时间。可是,明日香已经小学四年级,又考虑到收入的问题,因此只有上整班,加班也自然增多。

"不过,这个家里有奶奶。"

明美没有怨言,笑着说。还说,家务很多都是母亲做,回家晚了也不用担心。我也在家里待着,可我不会做饭。在家里,自己没什么用,我心里很不是滋味。

对祐也来说,在马上临近中考的初三夏天搬家,而且是搬到一个比以前偏僻的乡下,他会感到不满吧?搬家后,他几乎没有跟我说过话。

唯有明日香情绪最佳。明日香本来就喜欢奶奶和这个家。

"为什么你觉得那么偏僻的乡下好呢?"

"因为宽敞啊,而且独门独户哟。我喜欢独门独户。有楼梯,还有院子。啊——我也想住在奶奶家。"

以前我听过她和祐也两人这样的对话。住在公司宿舍时,没有明日香的房间。两房一厅，只有祐也一个人有自己的房间。我们三个人一直是一起睡在榻榻米的和式房间里。明日香总是发牢骚说："为什么只有哥哥一个人有自己的房间呢？"

搬到这里来之后，明日香终于有了自己的房间，而且相当宽敞。从她那个在二楼的房间可以眺望远处。还可以利用姑姑留下的家具，按照自己的意愿，随意布置房间，所以，她十分满意。

明美不在家的晚上，明日香会帮奶奶准备晚饭。在以前的家里，她几乎没怎么帮过手。母亲从壁橱里取出以前的刨冰机，两人一起做刨冰吃，显得开心无比。明日香如此开心，是我唯一的安慰。

进入十月后，川越祭的日子到了。

一辆辆绚烂豪华的花车在街上行进。孩子们出生后，曾经有几次正好赶上过节的时候回乡下，可后来因为工作繁忙，已经有好几年没回来过。

但这次是住在川越。

明日香说想去逛祭典，于是决定出门。有些疲劳的明美说她想在家里休息，祐也自己一个人出门了。最后，我、母亲和明日香三个人下午三点多离开了家。

老家在川越车站的背面。去一番街要穿过车站，走过长长的商店街。商店街两旁摆满了摊位。

"小时候，有这么多摊位吗？"

在熙熙攘攘的人群里，我问母亲。

"我也记不得了哟。"

母亲笑了。

"啊，那个！"

明日香叫着跑近路边的摊位。纸签在透明盒子里被风吹得"咕噜咕噜"打转。旁边堆了一大堆布偶。抽签后，中了号码的人，可以领到号码对应的奖品。

"你想玩那个吗？还不如自己买个布偶呢。"

"可是，也许能抽到那个大的呢！那个要买的话，很贵的哟！"

明日香指着一个最大的布偶说。

"如果能抽中的话才行吧。实际上……"

我望了一眼堆积如山的小玩偶。

"爸爸没有梦想啊。"

"让她玩吧,过节嘛。奶奶给你买。"

母亲从手袋里掏出钱包。

"不用奶奶买,我带了零花钱。"

明日香说着,从自己兜里掏出钱包,招呼抽签机前面的女子。

结果,拿到了一个倒数第二大的玩偶。

"这个大小的玩偶,如果花钱买,也差不多要这个价钱吧。而且这个玩偶很可爱,在店里没有见过的。"

我觉得有些牵强,不过明日香显得很高兴的样子。最小的肯定比抽签费便宜,第二小的可能价格差不多吧。

"还有,我绝对要玩射击和钓鱼游戏。"

明日香不知哪儿来的干劲儿,目光炯炯,不漏过一个摊位。

"反正也拿不到什么像样的东西,算了吧。"

"别那么说,让她玩吧。过节嘛。这么一说我想起来了,你那时候,没怎么玩这些呢。"母亲说,"由里香很喜欢玩,你却完全不感兴趣。"

"是那样吗?"

"由里香姑姑?"

"是的,左一个右一个地玩儿。射击啦,捞金鱼啦。爷爷也喜欢玩儿这些……"

我想起来了。父亲最喜欢过节和参加比赛了,是一个比孩子还热衷于游戏的人。玩得高兴了,会不顾一切的。

"可是,不是白费劲儿吗?那些粗点心和玩具的奖品,你会买吗?都是一些不会出钱买的东西。以前明日香领到的荧光棒也是,最后还不是玩了几天就扔掉了吗?"

"那是因为……"

明日香把脸扭向一边。

"能被扔掉还没什么,金鱼……由里香捞的金鱼最后也是母亲来照管。"

"所以,捞金鱼啦,钓乌龟啦,活的动物

我不会要的。因为跟妈妈说好了。本来我是很想钓乌龟的……"

"哎哟，没什么不好的，过节嘛。活的东西，后面还有很多呢，不过已经跟妈妈说好了。唉，好不容易等到过节，还是要开开心心的哟。"

母亲笑了。我想，母亲太娇惯明日香了。以前母亲可不是这样。在祭典摊位上给我们买吃的，买玩的，都是父亲。母亲很小气的。

结果，后面的打靶、投圈儿、捞球，明日香也都玩儿了一遍，还买了棉花糖。

一有她想看的摊位，我们就会停下脚步，所以，行进速度很慢。

最后，到达一番街时，已过五点。天渐渐暗下来，街上到处推出了花车，立在那里。

舞狮队也从街道会所里出来了。人们纷纷聚集过来。有的人把婴儿或小孩高高举起，凑到狮子的面前。狮子会假装做出咬的样子。孩子吓得哭起来。人群熙熙攘攘，十分热闹。

"明日香也去让狮子咬一下吧。"

"不不不……算了。我不行,我害怕。那样有什么好处吗?"

"这个嘛,我还真不知道……"

说是能保佑健康,变得聪明,总之可以受益,但谁知道呢?母亲好像也不知道,笑着走了过去。

我们东张张西望望,又在茶馆里喝了茶,休息了一下。不知不觉,太阳落山了。辉煌的灯光照在藏造土墙传统建筑的街道和花车上,仿佛是走在江户时代的街道上。

要说的话,川越祭最有名的还是花车了。据说,一六三八年川越大火把整个城市都烧尽了。后来松平信纲成了川越藩主,为振兴川越捐献了神轿、狮子头和大鼓。于是,川越冰川神社举办祭神仪式时,神轿开始露面了。

后来,由于受江户"天下大祭"的影响,偶人花车出现了。明治维新以后,由新政府主导,东京不再举办"天下大祭"。由于电线增多,无法推动花车,现在东京的节日活动,均以神轿为主。而像川越祭这样继承"天下大祭"的传统节日活动,已经为数不多了。

花车躯体高大,最上面安装着御神体偶人。有弁庆和牛若丸、日本武尊和木花开耶姬、菅原道真、家康和家兴。有神话、民间故事、雅乐和能的主人公,还有德川幕府和川越藩有关的人物,等等。几乎所有的花车都是三层结构,移动时会变矮,停下来后会升高。中间有一个小舞台,坐在这里的人表演歌谣,演奏乐器,戴着面具跳舞。

最精彩的场面是移动中的花车彼此擦肩而过的时刻。花车与花车面对面地对峙着,伴奏越发激昂。这叫"花车对抗"。当花车在大街上行进时,可以在各处目睹这一情景。

花车移动的路线没有明确的规定,谁也不知道接下来会移动到哪里。看热闹的人们也是看到花车后,被吸引着到处移动。看完这个"对抗"之后,又移动到别处去看,如此周而复始。

明日香一看到新的花车,便会去追赶。我

和母亲行动没有那么灵活，但也追赶了几辆，在欢腾热闹的街道上，摇摇晃晃地走了很久。

啊，以前也是这样，一家人在街上跟着人群跑来跑去吧。

小时候，我很讨厌父亲。有一次，当看到父亲叫着"花车来了，花车来了"，拼命追赶花车时，我心里很是不快，就在远离父亲的地方一个人走，可走着走着，我迷路了……

"欸，哥哥。"

明日香指着远处叫了一声。我一看，在路那边，一个很像祐也的男孩与几个同龄的男孩走在一起。大概是新学校里的朋友吧？明日香一边叫哥哥，一边挥着手。祐也不知是不是没有发觉，没有朝这边看。我信步过了马路，朝祐也那边走去。

这时，祐也朝这边看了一眼。我觉得和他的目光对上了，便挥了挥手。谁知祐也猛地移开了视线，像什么也没看见一样，和同学们朝前走去。

"那个人刚才是不是朝这边挥手呢？你们

认识?"

远处传来说话声,其中的一个男孩问祐也。

"不,不认识。"

熟悉的声音传入耳中。

不认识。

听到那声音,我站住了。祐也他们混在人群中,不见了。

"什么意思啊?"不知什么时候,明日香来到我身边,生气地说着,"假装不认识,搞什么鬼呀?"

"跟同学们在一起时碰到家人,不好意思吧?常有的事。"

母亲笑着说。常有的事,对,的确是常有的事。我也有过类似的经验,和同学们在一起的时候,碰见父母,很尴尬的。

祐也也到了这个年龄。虽然多少有些寂寞,但也只能如此。

就在这时,响起了短信铃声。

是明美,说睡了一会儿好多了,到街上来了,想跟我们会合,问我们在哪里。

大钟附近人太多,很难找到。最后决定在稍微有点远的十字路口碰头。明日香如果知道明美要来,一定会很高兴吧。关于祐也的事,我没有再多说什么。

2

星期一,孩子们去上学,明美去上班。母亲今天也约了朋友一起吃饭,上午就出门了。我一个人待在家里也很闷,便决定到川越的街上去逛逛。

一番街最近完全像观光地一样,平时白天人也很多。尽管如此,像我这样一个大男人,这种时间在街上溜达,也会让人觉得很奇怪吧。我不由得感到有些可悲。

差不多也该考虑再找工作了。可是,又不能像以前那样拼命干活,工资会降低是无疑的。更何况现在这样的时代,还会有地方雇用我这样的人吗?

怎么会到这种地步呢？自己一直都是踏踏实实地工作。虽然比同期提升得晚，但也算当上了部长。也打算买房子，孩子的升学也……做手术、住院虽然花了不少钱，但因为有保险，经济上没有受到太大的打击。现在因为是住在老家，所以也就不用交房租。但是，长此以往……我"唉"地长叹了一口气。

不知不觉，来到点心店小路附近。啊，就是这一带啊，母亲过去工作过的地方。我突然想起，不由得站住了。

我的父亲片山隆一，是一位没当上编辑的撰稿人。他对工作抱有很强的执着心，总是与编辑争吵，也经常被剥夺工作，晾在一边。

"拒绝了很多无理的要求，结果，没活儿干了。"

对在家里嘻嘻哈哈笑着说这些的父亲，我曾经感到愤慨不已。后来，他总算在编辑学校找到了一份讲师的工作，暂时做了一段时间，收入一直不是很稳定，花钱却大手大脚。结果，最后是靠母亲在点心店小路附近的饮食店工作，才维持住家里的生计。

我上小学时，经常到这一带来找干活儿的母亲。工作繁忙的母亲有时会给我一点零花钱，让我一个人在点心店小路打发时间。

一幢幢传统藏造土墙建筑的街道，与以前没有太大变化。但是店内有很大变化的店铺也不少。

"那家店很久以前就没有了。现在变成了什么？好像是旧书店吧？"

我想起母亲说的话。说是旧书店，还卖一些杂货，好奇怪的书店。母亲的确是那么说的。

啊，是那家吧？顺着狭窄的门面，可以看到店里摆着书架。仔细一看，房屋的形状有点眼熟，我信步走了进去。店内两边贴墙立着高高的书架，上面摆满了旧书。店中央的桌子上堆满了小小的书。

袖珍书市

桌子中间立着的牌子上这样写着。

袖珍书？桌上摆着的是一些长度不超过五厘米、像玩具一样的书。

但是，拿在手上一看，可以打开。而且清清楚楚地写着字，可以阅读。

太有趣了。这样的东西，明日香见了，说不定会喜欢的。我拿起几本袖珍书看了看，又放回到桌子上。都是给成人看的书，似乎没有明日香喜欢的内容。

当打开其中一本书的时候，我的手停住了。书名叫《贝壳》，是新美南吉的诗配着贝壳的画。新美南吉是写《小狐狸阿权》的那个人吧？他也写这样的诗啊？我不免有些惊讶。是抒情又伤感的内容，仿佛可以听到大海的声音，我被深深吸引了。绘画也不像是外行人的手笔，印刷的文字也有一种不可思议的存在感。

"那书，每一页都是用铜版画制作的。"

身后传来说话声。我回头一看，一位像是店主的年轻男人站在那里。

"铜版画？"

"嗯。据说是把铜版画装订起来制作的，相当精美。虽然价格不菲，但最受欢迎。只剩下最后一本了。"

我仔细一看，完全不是小册子的价格。但是，一页一页都是铜版画，想想如果有这么多幅铜版画，也许不算贵。

"是第一次做袖珍书的画家……不，是铜版画家与活字印刷工匠二人组。噢，对了，文字是活版印刷哦。"

"活版印刷……"

三日月堂印刷

看到封面上的字，我不禁心头一震。

三日月堂？我怀疑自己的眼睛。

是那家三日月堂吗？乌鸦老爹的那家……

这么说，老爹还在开店吗？不会吧？老爹应该比父亲年长十多岁。如果还活着，应该九十多岁了，不会还在经营印刷厂。

"那个……三日月堂的主人，是一位老爷

爷吗？"

"老爷爷？"

店主显得很不可思议的样子。

"不，是一位年轻姑娘，还不到三十岁吧。"

年轻姑娘。那就是店名相同，却是别的店。

"啊，不过，她说是继承了祖父的店。"

"继承了祖父的店？"

"嗯，继承了以前祖父开办的一家叫三日月堂的印刷厂，在川越。"

是老爹的孙女吧？不到三十岁的话，从年龄上来看，合乎逻辑。

"先生，您是不是知道以前的三日月堂啊？老爷爷好像已经去世了。店铺有一段时间关闭了，不过，好像是去年吧，他孙女说自己回来后，又重新开张了。"

"就是说，又正式营业了吗？"

"嗯。袖珍书好像是私人制作的，这个袖珍书市的宣传单就是三日月堂制作的。川越各家店铺的商品介绍，也都是那里印刷的，生意不错呢。"

是这样啊。那家三日月堂……大机器发出"咣当咣当"的声响，油墨的味道，记忆复苏了。

我又把目光移向袖珍书。活版印刷的文字，好令人怀恋啊。

"我买这个。"

说完后，我自己不禁为之一震。倘若考虑自己现在的处境，根本不是可以这么挥霍的时候。但是，无论如何都不想放弃。

这样还怎么能训斥明日香呢？

出了书店，我抚摸着小纸包，苦笑了一下。

凭着朦胧的记忆，我决定去三日月堂看看。

小时候，我经常跟着父亲去三日月堂。父亲去三日月堂，是为了制作名片。父亲大学毕业后，曾在一家出版社就职，但在我懂事的时候，他就辞职，成了自由撰稿人。在公司工作的时候，有公司使用的名片。变成自由职业后，就要自己制作名片了。所以，他总是委托三日月堂。

现如今,只要有电脑和印刷机,做名片十分简单。在网上跟厂家订货的话,可以廉价地做出很不错的东西。但是,那个年代只能像这样来印刷厂定制。

"请三日月堂做的名片能带来好运。"

父亲经常这么说。说改用了三日月堂做的名片,立刻就来了很多工作。

虽然不知道真假,也许只是因为父亲很喜欢三日月堂的店主吧?店主比父亲大十几岁,如同一位年龄悬殊的兄长。

父亲很喜欢看电影,撰写影评是他的主要工作,尤其喜欢西部片。乌鸦老爹好像也喜欢西部片。每次一去三日月堂,总是听到他们说"那个好""这个不怎么样"之类的话。

每逢自己的撰稿刊登在杂志上,父亲总是说"刚巧带来了",然后递给老爹看。不可能总是"刚巧",肯定是准备好了带去的。

连我这个孩子都明白,我想,老爹也一定早已察觉。

光靠写影评的工作，无法维持生计，父亲尝试着做了各种工作。其中也有许多无法对外人讲的工作，母亲把父亲的笔名从门牌上删除了，于是，夫妻争吵起来。我也几乎没怎么读过父亲写的文章。

虽然没有给老爹看过这方面的文章，但老爹不知为何熟知父亲的工作，经常会发表一些"这个很有趣""那种工作不太好"之类的看法。

他俩说话的时候，可能是觉得孤零零坐在角落里等候的我很可怜吧，有的工人会带我看工厂里面的东西。"咣当咣当"发出巨响的大型印刷机，实在是厉害极了。有时他们还会给我一些不用了的铅字和锌的凸版当作礼物带回家。这些东西也像魔法玩具一样很厉害，一想到是用这些东西印刷图书，就觉得只有自己知道同学们无从晓知的世界的内幕。我把铅字与凸版放在抽屉里，做功课的时候，常常会抽空拿出来摆弄摆弄。

当时的三日月堂，总是一片繁忙。老爹是一位严谨的工匠，深受现场工人们的信赖，大家也都很怕他。

老爹不在时，工厂工作无法运转。我觉得掌管一家印刷厂，真的是一件很不容易的事啊。

不顾后果的父亲跟老爹截然不同，在家里整天吹牛皮，工作却很不靠谱，动不动就跟周围的人吵架；花钱如流水，母亲节省下来的一点点积蓄，很快就被他折腾光了。

从三日月堂回来的路上，父亲总是说，如果能在三日月堂做一本书就好了。说他出自己的书的时候，要跟出版社交涉，请三日月堂印刷。名片吉祥，书也一定会畅销的。

你怎么可能出书，我心里这么想。我也听祖父和伯父发过牢骚，父亲每次做事都是虎头蛇尾，最终一事无成。

我讨厌这样的父亲。一考上大学，我就离开了家来到东京，住进公寓里。我一边打工，一边认真地读完大学，与老家也渐渐疏远，偶尔和母亲在电话里说说话，几乎忘记了会令我心烦的父亲。

谁知……事情会如此，毕业典礼的那天早上，就在我要出门的一刻，接到了父亲去世的电话。心脏病发作，猝死。我目瞪口呆，穿着毕业典礼的西装就回到了家里。

葬礼结束，回到公寓一看，信箱里有一封父亲的来信。里面装着用原稿纸写的文章，我读了读，感到莫名其妙，这写的是什么呀？由于人刚去世，不好丢掉，于是，我把信夹在了旁边的书里。

我厌恶父亲不着调的人生。一辈子都在做梦，一直给别人添麻烦，然而对别人的梦想却毫不关心。因此，我选择了公司职员的道路，踏实稳定地工作。

所谓人生，到底是怎么回事呢？因为看着父亲，我才觉得还是踏踏实实地生活吧，努力克制自己为所欲为的想法，在大树的保护下生存吧。我一直是怀着这样的想法生活，结果呢，我倒下了，一切都白费了。

人生这场赌博，原来就是无论你选择哪条道路，最后的结局都一样。

我苦笑着叹了一口气,拐进熟悉的小路,看到鸦山神社斜对面有一幢白色的房子。

那就是三日月堂。跟记忆中的房子一样,我不由得愣住了。仿佛看到了父亲与儿时的自己的背影,我使劲摇了摇头。

3

我顺着玻璃门朝里面张望。

没有变。看到整面墙壁的铅字架,我松了一口气。但是印刷机似乎少了一些,还看到一位系着围裙的年轻女子在操纵手动式平压印刷机。

那就是老爹的孙女吧?记得那时候老爹好像有个上大学的儿子,比我大十几岁。所以有个那么大的女儿也不足为奇吧。不过,他儿子不知怎么样了?

"那个……"

我拉开了玻璃门,想打招呼。年轻的女子抬起了头。

"这里是三日月堂吧?"

"嗯,是的。"

"你是……老店主的孙女吗?"

"是的。您认识祖父吗?"

"小时候,我父亲常带我来这里。父亲在这里做过名片,管这里的店主叫'乌鸦老爹'。"

"'乌鸦老爹'。您这么一说,我想起来了。有很多人都这么叫。"

女子笑吟吟地说。

"我听说老人家去世了。"

"唉,是的。已经走了五年多了。奶奶不久后也去世了。"

女子环视着屋内。

"机器变少了啊。"

"嗯,工人们退休后,处理了两台大机器。那些机器只有工人才会操作。也基本上没什么订货了,留着也没用。"

"那台是?"

我指着屋子中央的那台大机器问。

"那台是做书时,用来印大版的印刷机。

只有那台是祖父亲自操作的机器。据说,过去这里也印刷图书。"

除了印刷机少了之外,其他地方与那时候相比没什么变化。但是,总觉得什么地方不一样。大概是当时感到的那种气魄,那种生机勃勃没有了吧。

"铅字架跟我以前来的时候一样。不过,总觉得好像变了……氛围不同了。"

"因为没有响声了吧?"

我这才恍然大悟。对啊,没有声音了。那时候,发动机转动的声音和印刷机"咣当咣当"的声音在屋子里回响着,震得我耳朵发痛。

"这家印刷厂本来是打算在祖父那一代就关门的,因为很难再维持下去了。不过,祖父退休后,铅字和工具也没有扔掉。我想,如果处理了,祖父一定会失望的,所以就一直那么放着。"

"是这样啊。"

"这里空了很长一段时间。由于各种原因,

过了很久,我又回到这个家来。望着铅字和机器,总想应该做点什么。开始很没有信心,不知自己行不行,也不知会不会有顾客上门。但是,也是因为有人跟我说起……"

"所以就开始做印刷工作了……"

"嗯。不过,本来没有打算继承祖业的,所以,之前并没有完全学成,现在也还在摸索中。总想着哪一天能操纵那台大印刷机,实际上没那么容易。"

"你父亲没有接班吗?"

"您认识我父亲?"

"不,只是知道。我跟父亲来的时候,好像听说老爹有一个上大学的儿子。"

"那大概就是我父亲。父亲没有接班,他想研究自己喜欢的天文学。"

"是这样啊。好像当时帮这里做过事。"

"嗯。直到上高中,为了挣点零花钱,父亲曾经在家里帮过忙。不过,父亲好像不太喜欢做这里的工作。挑选铅字还好,父亲说他特别不喜欢返版。"

"返版?"

"就是排好的版不要了,要拆版,把铅字打散后放回架子上去。无论是发票还是名片,有很多客户会追加订货,大部分排好的版可以就那么原封不动地保管好。不过,仅此一次的订货一般会拆版,不用的铅字放回架子上。小铅字,可以请铅字厂来收购……"

"收购?"

"废铅字在铅字厂熔化后,会铸造成新的。但是,夹条和大的铅字一般都要放回架子上去。我也经常被命令做这些事,这个活儿实在是麻烦……"

女子笑了。

"铅字是按照大小尺寸、文字顺序摆在架子上的,所以检字的时候,从那些地方取下来即可。但是,放回的时候,首先要看清文字的面,必须分辨清楚是什么字、多大尺寸才行。夹条也是有无数种类的。"

的确,检字很麻烦,放回铅字更麻烦。

"而且这件事很无聊。排版的时候有成就

感，可放回去的时候，就没有这种感受。讨厌枯燥工作的父亲，大概是无法忍耐了吧？"

"可以理解这种心情。"

"他可能更喜欢天文学吧。他经常说，想看到的不是印刷厂这样的小世界，而是浩瀚的宇宙。实际进到天文学研究室里才发现，净是一些比印刷厂更细致的工作。"

女子笑了。我也哈哈大笑起来。

"父亲如果接班的话，或许会引进胶版印刷等新设备。因为祖父原来是打算在自己那一代就关门的，所以没有购买新机器。他大概是太喜欢活版印刷了吧。不过，他说自己已经如愿以偿，父亲也选择了自己喜欢的道路，这样就好。"

"这很像老爹说的话。你父亲现在怎么样了呢？"

我无心问了一句。

"已经走了。"

我简直怀疑自己的耳朵。比我大十几岁，应该才六十出头。

"是癌症,前年走的。"

"……是这样啊。"

那,刚才说的各种原因就是……

"我母亲去世得更早,那时我还很小。所以,有一段时间,我被寄养在这里。"

也就是说,这个人父母都已经不在了,养育她的祖父母也去世了……听她说的,感觉好像也没有兄弟姐妹。所以,才待在这里吧?

"父亲去世前,我们一直住在横滨。父亲被宣告将不久于人世之后,我们曾经一起来过这个家。本来没有多远的路,没想到相当费劲。父亲的体力远比自己想象的差,根本走不了几步路。"

说着,她抬头望着天花板。

"即使那样,他还是坚持来到这里。看了印刷厂后,父亲说,实在对不住。他还说,要是自己接班就好了,望着铅字架和印刷机,才想起还有这样的东西呢,人们总有一天全部都会忘记的。"

年轻人的确不知道吧?技术改革了,世界

变了。以前的事情都被遗忘了。

"父亲跪拜在祖父遗像前说:'老爹,对不起。'他还笑着说,自己还是第一次跟老爹道歉……"

她又笑了笑。

"他说,自己最终也没能超越父亲。能够运营一家这样的工厂,养了那么多工人,不光是自己的孩子,还要照顾我。他说,他是什么也没有培养出来啊。"

在病倒之前,我或许不会认同,现在却觉得很有同感。

"啊,抱歉。不知不觉跟您聊了这么久,您今天是来……"

"不,不好意思。并不是因为有委托……"我从兜里窸窸窣窣地掏出刚才买来的那个小纸包,"刚才在点心店小路附近的旧书店买的,这个袖珍书。"

"啊,《贝壳》。您买了?非常感谢您。"

她睁大了眼睛,满面笑容地说。

"好有趣的书。我以前没看过袖珍书,在

那家书店偶然发现，看了半天。"我回想着在那家书店看到袖珍书时的情景，说道，"总之，这是一本很棒的书。而且听说都是真正的版画。"

"是的。是一位很优秀的版画作者做的。她大学时代还学过装帧，这个也全部是她装订的。这是她第一次制作袖珍书，其他参展的人也都很吃惊。"

"那家店的店主也说是最受欢迎的书。这是最后一本了。"

"真的吗？"

她高兴地说。

"价格是不低。可我也是无论如何都想要，所以就买下了。买完之后一看，封面上写的是三日月堂……我惊呆了，便问店主老爹还在开工厂吗？店主告诉我说，老爹孙女回来了，印刷厂又重新开张了。"

"所以您就跑到这里来了。谢谢您了。我叫月野弓子。"

女子用纤细的手递过来一张白色的名片。

我没有东西递过去。在公司工作的话,有公司的名片,可现在我什么都不是。我这么想着,接过她的名片,离开了三日月堂。

一路走着,我想起住院时的一件事。

不记得是哪一天了。我在病房里梦见了父亲。父亲死后,我只梦见过他几次,屈指可数。我讨厌父亲,想尽量忘记他。但是,不知为什么,那天,父亲出现在我的梦里。

两个人开着车,像是跑在首都高速公路上。

"最近怎么样?"

父亲在梦里问我。我想,你自己都是一团糟,不要来问我。于是,我没有作声。

"上次我见到你爷爷了,好久没见了。"

爷爷,就是父亲的父亲,是个特别认真的人。严谨正直,表里如一。不乱花钱,工资几乎全部存起来。我想,为什么那么古板的人会生出像父亲这样的人来呢?父亲把那样的祖父说成是"守财奴",很讨厌祖父。但是,当父亲没了工作的时候,是祖父帮助了他,把一贫如洗、交不起房租的我们一家叫回来,让我们住在他家里。过了没多久,祖父祖母都去世了,那个家成了我们一家人的所有物。那就是我们现在在川越的家。

"我还对爷爷说了很多你的事。爷爷很担心你,不知你干得怎么样?"

又来了,我想。轮不到被一塌糊涂的你说三道四。

我认认真真地在公司里工作,两个孩子也抚养长大。明美虽然也工作,但不用像母亲那样拼命干活儿。跟你有天壤之别。

父亲讲话的语气,与生前有所不同,没有嬉笑,十分沉稳。

"今天你好安静啊。"

我说。

"那是因为你也是大人了。安静不是很好吗?"

父亲略显凄凉地说。我不禁沉默了。

窗外的风景一片苍白。隐约可以望见机场。啊,快到了吧?我正想着,突然醒了。

为什么会做这样一个梦?

黄昏时分,天空红彤彤的。似橙似紫的云层中,一道飞机云伸向下方,渐渐散开。

4

回到家里一看,母亲先回来了。我一边聊了几句无关紧要的话,一边喝着母亲沏的茶。我说了旧书店和三日月堂的事,母亲似乎还不知道三日月堂又开张了,听我说老爹孙女继承了祖业,她显得十分惊讶。

"我想起来了。以前父亲说过,想在三日月堂出书。"

听我一说,母亲突然变得很认真的样子,连连说,是的是的。

"我想起来了。不是开玩笑,你父亲真的想在三日月堂出书的哟。不如说,好像已经开始做准备了。"

"欸,怎么回事?"

据母亲说,父亲好像是在我读大学的时候,为了在三日月堂出书,真的开始行动了。

父亲大学时代加入了电影研究会。在研究会出版的月刊杂志上撰写有关西部片的专栏。在会员当中获得了极高的评价,好像还有粉丝。

开始做自由撰稿人后,他在一次试映会上与昔日电影研究会的伙伴重逢。谈起往事来,大家情绪高涨,最后决定集结那时的成员,再次创办一份与电影有关的杂志。

他们创办了一份名为《西部》的同人杂志,父亲也开始在那上面连载有关西部片的专栏。平时都是一些不如意的工作,一定也积累了不少工作压力吧?唯有撰写那个专栏的时候,父亲十分开心。收到杂志后也会高兴地给我看。

父亲也会带着《西部》到三日月堂老爹那里去。这也是父亲写的文章里,老爹评价最高的。结果最后,老爹也订阅了《西部》。

虽然是发行量只有数百本的会刊,但父亲

的连载评价相当高。

由于会员当中很多人是在电影界、出版界工作,所以时不时有人委托父亲工作。

"大概是你父亲去世的前一年吧,说是为了纪念《西部》创刊十五周年,有热心人合资,要把你父亲写的专栏整理成书出版。"

"大家出钱?"

"因为是自费出版,所以需要印刷费吧?而且还要编辑呢。会员中有做编辑工作的人,也有做校对工作的人。而且,三日月堂的店主说他可以承包印刷。于是,父亲把旧杂志都翻出来,编辑好之后,拿到三日月堂去,好像版也已经排了一半……"

"排了一半?是多少?"

"好像在杂志上登载的部分全部都排好了。但就在寄连载的最后一篇稿子之前,你父亲去世了……你父亲说过,如果出书,还有一篇绝对是要加在卷末的稿子。可是,就在寄那份稿子之前,谁想他突然就走了……"

父亲一直是一个运气不好的人,但也不至

于这么倒霉啊。好不容易可以出自己的书了，可以实现梦想了。该说是惊讶还是愕然呢，总之我说不出话来。

"葬礼结束后，编辑《西部》的人过来说，想把书印出来发给大家，留作纪念。父亲好像说过，最后的稿子已经完成。可对方说，没有收到过寄来的稿子，问我知不知道什么情况。我什么也没听他说过，房间里找过了，也没找到……"

"后来呢？"

"后来那个人生病了。结果，就那么不了了之了。"

原来是这样啊。我深感父亲是个不走运的人。

"三日月堂的店主也很遗憾。来参加葬礼的时候对我说，排版他会保管好，书随时可以出……"说到这里，母亲停住了，"啊，说不定那些排好的版，三日月堂还原封不动地保留着呢。"

"不会吧？已经是三十年前的事情了。"

"的确，不会留那么久。不过，如果还保留着的话，我觉得挺对不住人家的。页数蛮多的，毕竟是十五年的连载专栏啊。"

"是啊。"

应该是每期四页的专栏。是季刊，所以每年四期。十五年加起来，有二百四十页。不过，在杂志上刊登会用很小的文字分成两栏排版，整理成书的话，页数会更多吧？

"你父亲活着的时候，我跟他一起去过一次三日月堂，排版就要一个一个地排列铅字吧？再用绳子捆起来，要占用好几层架子的位置呢。据说，全都是店主一个人排的版，可不得了啊。"

用绳子捆铅字……母亲这么一说，我想起来了。我小时候也见过。三日月堂里有一个专门用来保管铅字的地方，工人带我看过那里。

"我有点不放心。如果版还保留着的话，很占地方的。杉野先生他们年纪也大了，事到如今，我想也不会再整理你父亲的书了，可能还是让人家处理掉比较好。下次你去的时候问问看。"

听了母亲的话,我不由得点了点头。

吃完晚饭,明美拦住正要回房间的祐也,在跟他说补习班的事情。好像是从暑假前后开始,祐也的成绩在一点点下降。

"可是——"

"没有什么可是,没人听你的借口。考试分数决定胜负。"

"虽然是那样,可我本来就——"

祐也垂下头,嘴里嘟嘟囔囔。

"算了吧。"我不愿意把气氛搞僵,便故意以轻松的语气对他们说,"还有几个月呢,只要东山再起——"

"根本就不是一回事儿!"

祐也愤愤地把脸扭向一旁。这意想不到的强烈反应让我目瞪口呆。

"你不要在旁边说些不负责任的话好吗?"

祐也用一种极其冰冷的语气说完后,就上楼去了。明美一言不发。母亲和明日香站起来去收拾碗筷。

我说了多余的话吗？我对自己被当成碍事的人感到有些气恼。但是，考虑到心脏，就没有再发火。

第二天早上，祐也一句话也没说就出了家门。明美也没有再提及此事，只是跟明日香聊了聊学校的事，就一起匆匆离开了家。

待在家里也没事干，我跟母亲打了一声招呼，就前往三日月堂了。

"书的版吗？"

我说了父亲出书的事情，弓子小姐歪了歪脑袋。

"这里直到昭和三十年，都还在做印刷图书的工作……"

"不，没有那么早，是昭和末期。印刷业的照相排版和胶版印刷增多的时候……不过，父亲说他无论如何都想在三日月堂出书，就委托了这里。"

"大概是我出生前的事情，所以我不太清

楚。不过，我好像听说过这件事……您父亲叫什么名字？"

"片山。片山隆一。"

"片山……"弓子小姐闭上眼睛，"好耳熟啊。"

"真的吗？"

"嗯。祖父退休的时候，是我跟他一起整理印刷厂的。当时，处理了相当数量的排版。其中有很多也很舍不得……"

听弓子小姐描述说，昭和末期，新书的排版工作没有了，只有一些名片、明信片和单据之类的订货，但是作为一名排版专家，老爹似乎十分怀念做书的工作。

"做书是使用同样字号的文字、同样形式的排版制作页面，所以排版相对简单，但是分量很大。而且，据说每次校对都会有很多要修改的红字内容，所以相当费事……"

"是啊。父亲给我看过校样，里面总是有许多红字。"

听父亲说，制作图书和杂志的时候，一

校、二校，最起码要修改两次。这时的试印好像叫校样稿。对此，作者、编辑、校对三人都要过目。在校样上看，可以发现底稿没有注意到的错误和编排上觉得不流畅的地方。

"要按照红字，一个字一个字重新排版。经常会导致一行字的长度发生变化，有的时候甚至连页码都会错位，操作相当费力。"

"改稿的人只须用笔写上去就可以了，可在这里要把铅字一个个重新排列好才行，真是很麻烦呢。"

"是啊。祖父说，作家写的东西，根本靠不住，一会儿一变。不光是错别字，有时还会加写一大段新的内容进去，而且老是催快点快点。作者、出版社根本不体谅印厂的辛劳。"

弓子小姐笑了。

"为此，好像经常有吵架的时候……不过，祖父说了，正因为大家都很认真吧！认真对待使用的语言，所以才会修改。文章是在提炼无形的东西，所以，他不得不让步。"

——我觉得，文章永远是未完成的。

我想起父亲以前说过的话，是我在写暑假读书感想的时候。父亲未经我同意就拿起我的作文，在上面修改起来。

"写作文很难吧？仿佛有形状却觉得离得很远，根本看不清楚。"

"仿佛有形状？你说什么呀？"

"心里有想写的话，但要用语言表达出来，却又说不好，或是变成了别的意思。写完了回头再看，总觉得跟原来想表达的意思有偏差。光看这篇文章，似乎有条有理，可还是觉得什么地方不对劲儿。"

我心里一震。自己苦恼的事情被他一语道破。我正对这本书里主人公的行动感到无法理解呢。但是，这种不快之感究竟从何而来？我写了一些在什么地方听到过的话，可又觉得不顺眼，很不舒服，正在冥思苦想呢。

"这种时候，你要重新揣摩一下自己的内心，寻找贴近自己情感的语言。无论怎么修改，都不可能十全十美。很不可思议哟，明明是自己思考的事情，自己却摸不着头脑。"

"在整理排版的时候,我好像听祖父说过,'这是片山先生的书'。放在什么地方我不记得了,但应该就在哪里放着。"

弓子小姐说。

她打开里屋的门,架子上密密麻麻摆满了铅字块。

"这些全都是排好的版吗?"

面对成千上万的铅字,我不禁愕然,不由得问了一句。

"是的。一些老主顾的记账单、说明书、名片。还有,贺年卡和致辞有几种固定版式,最后只要加上姓名就可以了。对于印刷厂来说,这就好比是财产。"

"是啊,这样就不用每次从头一个字一个字地排版了……"

"嗯。只需第一次花排版费,加印时只付加印费就可以了。只要在我们厂做过一次,就会一直成为我们的老主顾。公司的名片也是,一旦有新员工进来,用同样的版式,只需要更换姓名就可以做好。"

弓子小姐顺着铅字架边看边说。

"不过，自从有了照相排版，情况似乎就发生了变化。照相排版不是可以把文字变成斜体或细长、扁平体吗？祖父说，如果对方问能否那样，就不好办了。还有，自从打字机普及后，本来排的是横版，有人会随意要求改成竖版的。"

"啊，机器可以轻而易举地变换。"

"铅字是要全部用人工重新排版的。但是，如果这里说不行的话，人家就会去别处吧。很多时候是祖母去外面跑营销，行还是不行？做还是不做？由于经常为这些问题和祖父吵架，祖母说她不想再做了。"

老爹非常顽固，夫人看上去是很温和的样子。如果一起做生意，肯定会有冲突。

"我父亲没有接班，大概也是这个原因吧？父亲是理科出身，他好像也跟祖父说过，如果不引进照相排版，今后很难做下去。可是，祖父不愿意。他不喜欢边缘像锯齿状的东西，说那不是文字。"

弓子小姐"扑哧"笑了。

"很固执吧?父亲常说,他就是讨厌祖父这一点。"

这里也有一般人的家庭生活啊。夫妻之间的争吵,父子之间的固执己见,还有工人,堆积如山的工作,以及经营的困境。然而现在,这些都不复存在了。只剩下铅字、机器和这个孙女。

"咣当咣当"的声响又在耳边回荡。还有工人们的喧哗声,以及其中老爹和父亲愉快地交谈,一切都不复存在了。

"啊,是不是这个呀?"

传来弓子小姐的声音。在铅字架中段,贴着一张小纸片,上写面着"片山先生·我们的西部片"。

我们的西部片。父亲连载的标题。

我凑近察看,发现一个小标题上写着《黄金篷车大作战》的片名,我抽出来看了看,可正文完全没法读。

"这样很难看懂的。"

弓子小姐说。

"是啊。不过,版找到了,这点就很值得惊喜。"

母亲怕给三日月堂添麻烦,跟我说,如果版还在的话,请人家处理掉好了。

仔细一想,我觉得,这些并非父亲一人的所有物。

为书排版的老爹,为书编辑的人,为书出资的人。这本书与其说是我们家的财产,不如说是这些人的财产。我觉得我和母亲不能随随便便决定它的去向。

"印一张试试看吧。"

"能行吗?"

"嗯。有专门印校对稿的机器哦。如果是那台机器的话,我也会使用,来试试看吧。"

"可以吗?"

"嗯,当然可以。祖父说连排版费都已经收了,所以,印校样是理所当然的工作。"

"那就麻烦了。"

弓子小姐把一捆铅字拿到摆着印刷机的屋

子里。

她解开捆扎的绳子，把铅字装在名为板框的金属框里固定好。

校对机是一个中央有滚筒，转动摇柄，可以移动排版的台子。版与纸从滚筒下面通过时，可以紧贴在一起。用旧纸试印了几张，等油墨稳定之后，放上了一张白纸。

按下开关后，"轰隆轰隆"的声音响起。台子动了，滚筒开始转动。

"啊，印出来了。"

虽然是预料中的事，可我还是叫出了声。

机器的声音停止了，屋子里又恢复了平静。这是一篇专栏的第一页。在这期题目的旁边，列出了片名、上映年份、导演、主要演员等信息资料。从影片最精彩的场面摘要开始，引出了正文，列举了当时的影评、票房收益和内幕等，文章到这里中断了。

"啊，这个只有一半。"

弓子小姐查看了一下印纸，说。

"这个专栏每期有杂志的四页纸,分两栏,如果按照书的排版,大概有六页左右。"

"是这样啊。像这样中断了,会让人想看到后续呢。请稍等一下。周围还有几个类似的排版,我把它们都拿来看看。"

弓子小姐又回到刚才的屋子里,拿来了几捆铅字。加上最初的一页,共六页。试着印了出来,连在一起终于是一份完整的专栏了。

"不过,有点奇怪啊。同样的排版方式,却只有这六页。"弓子小姐歪着头思考,"剩下的收到哪儿去了呢?一会儿我再找找看。"

书的版到底该怎么处理,我也要回家跟家人商量一下。说完,我离开了三日月堂。

5

"啊,没错,就是这个。"

回到家里,我拿出校对稿给母亲看,母亲盯着文稿看了半天。

"你父亲很喜欢西部片。我是一窍不通啊。"

母亲说得很干脆,她对父亲的工作内容不怎么关心。父亲也盛气凌人地说她什么都不懂。母亲不关心,父亲也毫不介意。

"这份杂志,家里已经没有了吧?"

"是啊,你父亲房间里的旧杂志,很多都处理了。"

父亲房间里堆积着无数的书籍与杂志,杂乱无章,几乎没有立足之地。办完父亲的丧事，待一切都稳定后，母亲才和妹妹整理了父亲的房间。

"杉野先生那里可能比较全。"

据母亲讲，编辑《西部》的是一位叫杉野的人，现在好像也每年都寄贺年卡来。

"你不记得杉野先生了吗？喏，就是戴一副黑框眼镜，个子高高的，经常和你父亲一起去喝酒的那个人。他们还带你去过。你还说你很怕跟那个人打交道。"

"啊，那个人啊。"

我想起来了。当时父亲身边的人都有些怪癖，那个人尤其让我反感。有一次顺着某个话题，我说了一句"反正他是我爸"，结果被他训斥了，说"你可不能这么说你的父亲"。

父亲总是感情用事。见我这个当儿子的敢贬低父亲，周围许多大人都喜欢逗我，我当时也有些得意忘形。杉野先生却说："是你父亲把你养大的哟，还没学会挣钱呢，就敢居高临下地说话，你真是个不懂事的孩子啊。"

我吃了瘪，后来一言不发地回到家里对母

亲说，自己不喜欢那个杉野先生，也是由于那时留下了苦涩记忆吧。

上了初中、高中，我就再也没有机会被父亲带着去聚会了。大学期间，我一直与父亲很疏远，所以，再次与杉野先生见面，是父亲葬礼的时候。杉野先生号啕大哭，对母亲说，这比自己父母的死更让他难过。一滴眼泪也没掉的我，怀着不可思议的心情望着这样的杉野先生。

"杉野先生过去在出版社担任编辑，后来因身体问题，辞去了工作。再后来，听说他在做一些翻译工作……"

回忆过去的事情，我感到心情很沉重，但为了父亲的书，只有与杉野先生商量。

于是，我按照贺年卡上写的号码，试着打了一个电话。

杉野先生立刻接了电话。他似乎还记得我，听到是为了《西部》的事，便说"随时可以到家里来"。

第二天，我前往位于中野的杉野先生家。

好久没有坐电车了。因为是临近中午的时间，车里空荡荡的。上班的时候，每天都要乘坐挤得水泄不通的电车。没想到现在可以悠然地坐在洒满阳光的座位上。

那时是怎么回事呢？我眺望着车窗外广阔的景色想。一天到晚考虑公司的事情，感觉不到自己的身心在这里。如今目睹同样的风景，完全是不同的感受。

杉野先生家大概保管着所有的《西部》吧？我不由得回想起父亲曾经给我看过的那一期。

那篇文章里描述了童年时代的我。父亲眼里的我与我自己想象的我相差甚远，我总觉得很不对劲。记不得是评论哪部电影了，唯有那一期我很想再读一遍。

杉野先生完全变成了一位老人家，但黑框眼镜与过去没有什么变化。听我说起三日月堂又开始营业，父亲的书的排版还原封不动地放在那里时，老人十分吃惊。

"我一直很想为片山先生做一本书……实在是抱歉。"

杉野先生肝功能出了毛病后，辞去了公司的工作。后来，凭借着编辑时期的人脉关系，开始做一些翻译和独立编辑的工作。

"是这样的，后来我搬了两次家。第二次搬家时，因为要跟儿子儿媳两代人同住一起，所以，丢掉了不少旧杂志。"

"那，《西部》也……"

"嗯。保留了一半，但创刊十年以后的杂志，都狠心处理了。所以，片山先生的专栏也没有保留齐全。后来我很后悔，但已经来不及了。片山先生家里没有保留吗？"

"没有。父亲去世后，在整理他的房间时，只留下了几册，其余的好像都扔了。"

"其他会员也是一样。我后来问过，好像没有人手里是齐全的。大家都到了这个年纪，还有很多人已经去世了。"

"是这样啊。"

"很抱歉。不过，我还是很高兴。如果知

道慎一在找片山先生的稿件，片山先生一定会很高兴的。"杉野先生呵呵笑了，"我也挺闲的，所以接到慎一的电话后，就与十年的《西部》奋战了几天，把片山先生的文章全部复印出来了。"

"真的吗？"

杉野先生点点头，拿来一个纸袋。

"这就是，你看，《西部》的创刊号。"

他高兴地取出旧杂志。封皮已经脱落，纸也破烂不堪。打开一看，展现在眼前的竟然是设计得很时尚的目录。

"那时候，我们很拼的哟。大家都说，一定要做得很漂亮。还放了照片，美术设计也是模仿了美国的杂志。啊，不过，总是到截稿日稿子才能交齐。所以，有很多排错字的地方。这里，你看，铅字反了，因为当时还是活版印刷。"

杉野先生笑了。我想，他们一定很开心吧？父亲那弥漫着烟味儿的房间掠过我的脑海。散乱的稿纸、堆满烟头的烟灰缸。

"总之,大家都是认真的,凭着不确切记忆展开辩论。你知道的,因为当时还没有录像机呢。"

望着杉野先生的脸,耳边回响起父亲的声音。曾经听他说过,高中时代下课后,他每天都会跑到电影院,一连看三部电影。

"那时,最可靠的就是片山先生。因为他会把看过的电影全部记录下来。导演、出演者、上映年份。而且,基本上全能记住,简直就是个活字典。所以,开始编辑《西部》时,他说要把那些知识全部发挥出来。"

每次听到父亲的事情,我都觉得很不可思议。据说,他们上小学的时候,正值日本战败,他们心里很懊悔,还涂改过教材。可是为什么又会喜欢美国电影呢?

"大家为什么都那么喜欢看西部片呢?小时候经历了战争,而且不是战败了吗?居住的城市也被烧毁,死了很多人。你们不觉得美国人很可恨吗?"

听到我这么问,杉野先生镜片后的眼睛瞪

得圆圆的。我这才发现他的眼睛好小啊。小小的眼睛瞬间变圆,然后又变细了。

"啊,是为什么呢?大概觉得是两码事吧。总之,那辽阔的美国大地对我们来说,是梦想的天地、自由的国土。那时候我们就是想去那里。"

他说的话,我似懂非懂。

"我们也感到了战败的屈辱感。但是,电影很有趣。当时真正有意思的东西只有那些,西部片里的英雄们真的很帅气。"

过去,我问父亲的时候,好像也是类似的回答。

"你这么一问,我想起来了,是哪一期来着,写了一段被慎一你这么质问的'小插曲'呢。自从慎一和妹妹频繁出现在专栏里后,作为《西部》的读者来说,你们都不是外人了。"杉野先生哈哈大笑起来,"噢,对了,重要的事情差点忘了说。刚才交给你的复印件……"

"是这个吗?"

我递过纸袋。杉野先生从袋子里掏出一捆纸。

"最上面放的是片山先生原稿的复印件，是最后一期的稿子。只有这个，我没有扔掉，保存下来了。"

杂志的复印件上，摞着原稿纸的复印件。映入眼帘的是父亲熟悉的字迹。

"不过，最后一期的稿子不是——"

"嗯，这只是前半部分。我跟片山先生说，交稿期限快到了，总之，先把写好的寄给我吧。于是，他就把前半部分寄给我了，并说后面的还没写好，请再等等。"

"是这样啊。"

"这是复印件。实物我保管着，可以吧？"

杉野先生盯着我问。

"当然可以。"

我点点头，杉野先生说了声谢谢，鞠了一躬。

在回程的电车上，我打开带回来的纸袋，拿出父亲手稿的复印件。

最后一期 向着遥远的地方

标题那行这样写着。平时总是围绕一部影片撰写的形式,因此,在专栏标题后面,会放上片名、信息资料,接着是专栏正文的开头。但是,这一期没有片名和信息资料。因为是最后一期,所以很特别吧?

刚读了一个开头,就出现了川越祭的回忆。是我上初中时的事。回忆中写道,熬了一个通宵,朦胧中女儿过来,说去逛祭典吧。无奈之下,全家人一起出动。儿子好像是在我打盹儿的时候,一个人先走了。

这些与上次过节时的记忆重叠在一起,我在心里"哇"地惊叹。自己和祐也一样。我在上初中的时候,过节的那天,也是一个人离开了家。

后面是一段节日的描写。看到自己被如此描写,我简直要"喂喂"地叫出声来。

之所以这样大段大段描写与正题无关的当地传统节日,其实是有缘由的。下面言归正传。

与妻女逛摊位时，我发现摊位那边有儿子的身影。本来那么走过去就好了，可我却挥了挥手，"喂"地叫了一声。但是，儿子头也没回，走到别处去了。没有发觉我在这边吗？不对，不应该啊。明明目光对上了啊。目光对上了，却无视我，跑开了。

　　一股怒火冲上心头，但我不会为此而失去平静。我做父亲也十多年了，自己也有过这种时候，这是青春期常有的事。孩子总觉得做父母的什么都不懂，并不是真的小瞧父母。我也明白这一点。

　　嗯，总会有这样的事。所以，我见到儿子的身影时，一般也不会去招手。但是，这一次不同。因为我有无论如何都想告诉他的事。

文章到此结束了。

　　这不跟上次的祐也完全一样吗？这么说好像真的有那么一回事。虽然上次我没想起来，但现在有些记忆复苏了。

当时的我，尤其讨厌喝酒的父亲，总是天亮才回来，大吵大闹后入睡。那天也是这样，我被父亲的叫声吵醒，后来又睡着了。早上醒来的时候，父亲还在睡觉。但是过节了，午后起来，他一定会说，一起去逛祭典吧。我对此感到厌烦，所以上午就离开了家。在外面看到父亲朝自己挥着手也是，我隐约还记得自己佯装不知的事。

但是，这篇文章里写的"无论如何都想告诉他的事"是什么事呢？节日活动期间和回到家里之后的事，我都完全想不起来了。

这么一说，我记忆中的究竟是哪一期呢？刚才杉野先生也说了，有一期里出现了我质问父亲的一段插曲。

我寻找的难道就是那一期吗？

杉野先生说，有几期出现过我和妹妹的故事。不过，上大学后我几乎没怎么与父亲见面，高中时代也没怎么说话。那可能是在我还小、不回避父亲的时候，大概是小学生，或者最多初中一年级之前的事情吧？

《西部》创刊号是我小学一年级那年出的。杉野先生说他手里有创刊后十年的杂志。也就是说，到我高一那年为止。所以，也许里面有我要找的那一期。我取出纸袋里的书稿，翻阅起来。

在电车上，我读完了三年的专栏文稿。里面的确有几段我和妹妹登场的插曲，但都不是我要找的那个故事。

想想也是。开始的三年，是我小学一年级到三年级时的事。记忆中的那一期是杂志出来后父亲立即拿给我看，所以是我能读懂《西部》的年龄，起码应该是小学高年级时的事。

可是，我没有后悔从头读起。文章到处可以窥见当时的习俗与风尚，我读得津津有味。那些电影，现在一读，也觉得蛮有意思的，我不禁想什么时候去看看。

也有几件令我吃惊的事。比如说，我们搬到祖父母家住的来龙去脉。原以为是看到失去工作、经济窘困的父亲，祖父好心把我们叫回来住的。现在看来，是父亲低头求祖父的。专栏稿子上写着："向父母低头，心里虽然很窝火，但也只能忍气吞声了。"

向父母低头的苦楚，我十分理解。虽然我总以为他从来不过问家里的事，原来也尽到了做父亲的职责。

不知为什么，母亲一次也没有出现在故事里。但是，像杉野先生、电影研究会的人，还有三日月堂的老爹，都频频出现。里面提到的附近印刷厂的老爹，那无疑就是三日月堂的老爹。

有些地方我也会跳着读，但读着读着就忘记了一切。等我发觉时，电车已经到了川越。

6

回到家里一看,明美和明日香都回来了。
"爸爸,你出门了?是工作的事?"
明日香一边吃零食一边问。
"不,不是的。"
我很在意厨房里的明美。母亲好像已经跟明美说了要给父亲出书的事。虽然她没有直接问我在调查什么,但我自己也知道现在不是去调查陈年旧事的时候。
"是吗?"
明日香露出不可思议的表情。
"不过,挺好的。爸爸比以前开心了。"
明日香"腾"地跳起来,又和明美一起出

去了。

今天是要去牙医那里,为明日香矫正牙齿。本来我提议既然我不上班,我陪孩子去。可明美说她要跟新牙医说明以往的治疗经过,所以请了半天假。

她俩走了之后,我突然感到疲乏,便躺在了沙发上。

"累了吧?"

传来母亲的声音。

"大概是好久没有坐电车了,真没用。"

"没办法啊。医生不是也说了吗?恢复身体是需要时间的。"

是啊,所以,找工作的事以后再说。我先努力恢复身体吧,明美也是这么对我说的。然而……

"我也要去买些晚饭的材料。你休息一会儿吧。"

母亲拿来一条毛毯,盖在我身上。

我迷迷糊糊躺了一会儿,但脑子渐渐清醒。

我拿过杉野先生给我的纸袋，从里面掏出复印件，继续读了起来。

手稿里的父亲生机勃勃。我读小学五年级的时候，父亲一直视为靠山的杂志停刊了，工作陷入了困境。即使如此，在《西部》的手稿里，父亲还是意气风发地侃侃而谈西部片和昔日美好的时光。

我就是讨厌他这一点。逃避现实，为所欲为。那时候，我已经能明白这些了。

外面暗了下来。已经到了天黑的时间。白天已经变得这么短了吗？

回想起来，在公司上班的时候，我从来没有考虑过日照的长短。虽然也会感到天冷天热，但出了家门就上电车，然后一直待在公司里。公司里总是开着空调，白天晚上都亮着灯。

其实明美大概也在生气，或许已经对我感到无语了。工作也不找，陪女儿看牙医也不会，祐也考试的事情也不明白。准备晚饭、买东西，什么都不会。现在的自己，一点用都没有。自己没做什么了不起的工作,却还厌恶父亲,自己实在是太肤浅了。

人总有心有余而力不足的时候。我也不想这样,可有什么办法呢?好想去喝酒,好久没有喝酒了。但医生让我禁酒。不许饮酒,控制盐分,不许运动,不许坐飞机,不能生气,不能太激动。绝对要听医生的话。

"哇——"真想大喊一声。什么都无所谓了。这样下去,活着还有什么意义?我真想干脆违抗医生的所有规定。实际上因为心里害怕所以根本做不到,真可悲。明明我一直都认真地工作,拼命为公司工作至今,连不想做的事也接受了。

"我回来了。"

大门口传来母亲的声音。我爬起来,跑到门口。"您回来了。"

"你没事吧?你没睡吗?"

"啊,又醒了。"

我迷迷糊糊地回答。我觉得也很对不住母亲。

"人总有这种时候的。"

母亲喃喃地说。我不明白"这种时候"是指什么时候。但是,听了这句话,心里略感慰藉。

明美和明日香回来的时候,已经七点多了。明日香对母亲讲了很多新任牙医的事。
"祐也呢?"
明美问。
"他还没回来呢。"
母亲回答说。
"奇怪啊。今天补习班没有课啊。"
说着,明美给祐也的手机打了一个电话。没人接。
"妈妈,我肚子饿了。"
明日香说。
"先吃饭吧。"
母亲一说,明美也作罢了,大家开始吃饭。
但是,过了九点,祐也还没回来,手机也打不通。明美变得焦躁起来,开始给祐也的朋友打电话。

"算了，男孩子，可能跟朋友们去哪里了吧？"

我想安慰她一下，可明美的表情一下子变得严厉。

"祐也和朋友去哪儿的时候，一定会跟我联系的。"

"可能没留神忘了呢……"

"绝对不会。因为下周就是期末考试了。补习班也有作业，星期四总是早早回家的。"

这些我都不知道。我刚想这么说，但还是沉默了。我觉得她肯定会责备我说，你对孩子们的事毫不关心。

"搬到这里来之后，祐也就有点奇怪，补习班的成绩也下降了。"

明美嘟囔着说。

"是搬家搬错了吗？不过，有什么办法呢？只能这么做。"

我不由得变成了刻薄的语气。

"我没有那么说吧？"

"别吵了呀!"

明日香拽了拽明美的衣袖。

"是啊,生气不好,医生不是说过了吗?"

母亲担心地说,明美顿时沉默不语了。

"对不起。我没打算那么大声吵的。只是担心,怕出什么事……"

明美这么说的时候,大门口传来了响声。母亲和明日香跑到门口。

"哥哥,你去哪里了啊?"

传来明日香的声音。看样子祐也回来了。我松了一口气,坐到了椅子上。

被明日香拉着手,祐也进到起居室来。

"这么晚了,你到哪里去了?"

明美问。

"没到哪儿去。"

祐也把脸扭向一边。

"算了,回来就好。"

母亲小心翼翼地说,可明美忍不住了。

"家里都为你担心,你干什么去了?说话呀。"

"烦死了。"

祐也甩开明美。我愣住了。

"我只是不想回这个家。"

"你说什么呢?"

明美毫不让步地逼近祐也。

"为什么要搬家?搬到这种偏僻的乡下来,还要我怎么样?"

祐也扔掉书包,书包砸到了明日香的脚上。

"明日香!"

母亲跑到明日香跟前。

"你干什么呀?"明日香一边捂着脚,一边说,"哥哥,你说什么呢?太过分了。转校之后,见不到以前的同学,我也很难受啊。可是,有什么办法呢?我也想回原来的学校上学,可是……"

明日香突然哭了起来。我只觉得天旋地转。原来明日香也在克制自己啊。看上去很开心的样子,那全都是为了我努力装出来的啊。

"祐也,跟明日香道歉!"

我站到祐也面前。

"吵死了。说到底,还不都是爸爸的错?为什么偏偏在我中考这年病倒呢?一切不都前功尽弃了吗?"

祐也怒气冲冲地说。

"病倒了没有办法,可你为什么要辞职呢?你不是说可以停薪留职吗?向公司低头,让你留在公司,不是很好吗?那样不就不用离开公司宿舍了吗?"

他是这么想的吗?由于气愤与悲伤,我的嘴唇在发抖。

"嘴上说会给公司添麻烦什么的,其实是因为虚荣吧?自己觉得难堪,所以才不想低头吧?我才不想当这种事的牺牲品。"

"祐也,"明美大声叫道,"你胡说些什么呀?我们难道不是在靠父亲生活吗?你怎么能这么说话?"

"住口!伪君子。"

祐也冲着明美大喊了一声。听了他这话,我脑子一片空白。

"你每天晚上不是也在厨房里说,累死了。

其实，你内心不是也在想吗？这样的生活要持续到什么时候啊？"

明美呆呆地望着祐也。

不能发火。不能太激动。

虽然心里这么想，可我还是一下子爆发了。

"住口！"

我冲着祐也大喝一声。

"你的不满我明白了。都是我的不好，因为我不争气，你说得一点不错。但是，妈妈和明日香没有错。把母亲说成是伪君子的人，不准待在这个家里。你现在就给我滚出去！"

"你要什么威风啊？你已经没有工作了。"

祐也也火冒三丈地冲我大吼。

"不要吵了！"

明日香又哭了起来。

"爸爸会死的。一生气，就会病倒的，说不定会死啊，那样哥哥就成杀人犯了。"

明日香又哭又叫。祐也不吭声了。

"你倒是好，什么都不用考虑。可我有想上的高中啊。所以我才努力的。但是一切都结束了。"

"高中算什么啊?我不想让爸爸死掉。我只要一家人能和和睦睦地在一起,这样就够了。"

"哇——"明日香大声哭了起来。

"快道歉!"我又对祐也说,"向妈妈和明日香道歉。不道歉就给我出去。"

祐也瞪着我,握紧了拳头。我想,你敢打我,那就试试吧。谁知祐也"啊——"地大叫一声,把拳头砸到了墙上。

后来,祐也把自己关在房间里。明日香哭着睡着了。

"刚才对不起,我说得太过分了。太累了,心烦意乱的。"

临睡前,明美说。因为祐也的事给忘了,那之前,我们之间还发生了小小的口角呢。

"没事了。没办法,都是我不好,我不应该病倒。"

不知为什么,我流泪了。明美也哭了。

"我很讨厌父亲,不想成为父亲那样不靠谱的人。所以,一直踏踏实实地在公司里干活儿。可是,这些终归是一场幻影。到头来,这些根本都指望不上。"

"也许吧。"

"能恢复到从前吗?"

"没问题的。医生不是也说了吗?半年后,如果没有什么事的话,就不要紧了。"

太痛苦了。我真想抛弃一切,寻求快乐。

可是,所谓活着,本来就是这样的吧?任何人都一样。在看不见出口的隧道里,一边走,一边叫着痛苦啊痛苦。如果说有出口,那就是死亡的时刻。

——我只要一家人能和和睦睦地在一起,这样就够了。

明日香能这么说,我好高兴。虽然也许她只有现在才会这么说。孩子长大以后,就会飞走的。我们不知什么时候也会死去的。没有不变的事情。

但是,现在还不能死。

因为还要抚养两个孩子。

"祐也好像有想考的高中。不知他想做什

么,但好像有想做的事情。是跟以前学校的同学约好了,要一起考那个高中的。不过,私立高中学费很贵。你又病倒了,所以他可能觉得去那里没希望了吧?我让他不用担心,可他听不进去。"

"是吗?所以他才那么说……"

我一无所知。原来他有那么热衷的事情要做吗?我对毫无察觉的自己感到惭愧,也为祐也的成长感到惊奇。

"没事的,我来跟他说。还有,我也会考虑重新找工作的事。"

"嗯。"

明美点了点头。

"我还没倒下呢。"我叹了一口气,笑了,"我还以为一生气就会死的。想不到自己还挺结实的。"

"是啊。不过,不要逞强。你不在了我会困扰的。"

明美笑了。我觉得好久没有看到她的笑容了。

"啊,对了。"

我无意中想起来,于是打开桌子的抽屉。

"有件东西想给你看看。"

我从抽屉里拿出《贝壳》的袖珍书,递给明美。

"这是什么呀?"

明美不可思议地打开了袖珍书。

"哇,好美啊!"

"这是袖珍书。插图都是铜版画,文字是活版印刷。"

"哦,好棒啊。而且这诗也好。"

明美盯着袖珍书出神地看。我不由得想起孩子出生前,我们俩到海边去的情景。明美拾了很多贝壳,愉快微笑的样子。

最近她的表情一直紧绷绷的,不过,现在浮现出那时那种恬静的笑脸。

"送你了。"

"真的?"

"小小礼物,不成敬意。"

"谢谢。我会珍惜的。"

明美把书捧在手里,闭上了眼睛。

买的时候本来没这样的打算。不知为什么,我觉得也许自己从一开始就想这么做。

7

虽然睡着了,可半夜我又醒来。明美还在熟睡。我心里惦记着父亲专栏的后续,便提着杉野先生交给我的纸袋,来到楼下的厨房。

我从纸袋里掏出稿子,读了起来。

专栏里不时有我们登场。那些插曲我基本上都不记得了,但可以看出,我们的的确确在成长。

其中也有杉野先生说过的,我质问父亲的场面。但那些在叙述里一闪而过,不是我寻找的地方。

光辉灿烂的远方

——《星球大战》与西部片

读了大约三十分钟的时候,看到这个题目,我不禁愣住了。

《星球大战》。父亲带我去看过……

记忆复苏了。那大概是我上初中时的事。由于是部大热的作品,电影院总是场场爆满。难得的是,父亲为我买了特等座。

专栏详细地描写了这些情景。读到这里,我察觉到,自己记忆中的那一段应该就是这一期。

周围气氛热烈。我坐在特等座上,有些局促不安,但电影开演后,一切都无关紧要了。外星球上的风景、宇宙飞船和使用了光剑格斗的场面,我被迄今为止从未见过的世界深深吸引。

　　儿子似乎被这部影片深深吸引,而我对宇宙这一舞台总觉得有些无法适应。西部片与现实紧密相连,仿佛真实发生的事件，摄影也是在现实场地拍摄，因此趣味无穷。我们从日本昏暗的电影院里，直达美国的大漠，可以闻到尘土的气味，目睹勇士们的战斗。

但是，人的想象力是有限的。我即使能去美国西部，恐怕也无法奔赴宇宙。我虽然能理解这部电影流淌着西部片的血液，但不会痴迷。这也许是因为我已经上了年纪吧。

我的脑子里，总能鲜明地映现出西部片。闭上眼睛，那个永不褪色的世界就会重现。

实际上，时光在流逝，世界在不断变化。望着儿子，我这么想着。说不定儿子面对这个世界，也和我当年一样兴奋不已吧。

西部片变得无聊起来，既不能与印第安人搏斗，也失去了开拓精神。无法再创作西部片，所以才选择了宇宙。在宇宙可以随心所欲地冒险。但是，那里既没有尘埃，也没有汗水的气味，不是吗？

我虽然这么想,但这也许不对。高中时迷上西部片的我,并不了解美国的真实面目,所以才想去,想看看它本来的样子。那个世界看起来辉煌无比。对儿子来说,宇宙如果是那样的地方,也没有什么不好。无论是哪里都可以,因为只要有一个光辉灿烂的远方,就可以启程。

电影结束了,世界又回到昏暗的电影院时,父亲问我"怎么样",我还沉浸在影片的世界里,愣了一会儿才回答说"好看"。我只会说这么一句。父亲显出一副难以言喻的满意神情,再也没有说什么。

原来当时父亲是这么想的吗?

——只要有一个光辉灿烂的远方。

光辉灿烂的远方。我觉得这个题目仿佛在哪里见过。

光辉灿烂的远方……好像在哪里读过,在很久以前。

如同浓雾忽的一下被驱散,手稿的字迹浮

现在眼前,是父亲的字迹。

> 对儿子来说是光辉灿烂的远方,我即使看到也无法理解吧?

对了,那封信里就是这样写的。

我跑到已经变成了仓库的房间里,站在自从搬来之后再也没有打开过的纸箱前。应该在装旧书的箱子里。我按照箱子上的马克笔标记找到了目标,把它打开了。

是那天。父亲葬礼结束后,我回到东京的寄宿公寓。邮箱里有一封父亲寄来的信,这篇文章就写在那封信里。

我窸窸窣窣地把书拿出来,最后从箱底找出了夹着信的书。翻开一看,是叠得与当时形状相同的稿纸。

> 那时,我很想为儿子传递《星球大战》的信息。前一天晚上,在喝酒的饭桌上,二月份初映的《星球大战》成了大家

热议的话题。同桌的一个人说"在美国看过了",还带来了一份当时在电影院里买的宣传单。

"总而言之电影太棒了,简直是一场革命。融会了西部片、动作片等类型的全部精华,将舞台变成了宇宙。特殊摄影也很厉害,宇宙人像活的一样,十分逼真。"

这是一场很热烈的讨论。只靠语言了解,还不是很有概念。总之是有大片要上映了,这一点很明确。

我从那个人那里得到了一张英文宣传单,凌晨回到家里。明天是星期天,儿子也在家。等他醒来,我就把这些告诉他。

这么想着想着,我就睡着了。

可是,起床一看,儿子已经出门。事情就是这样。在女儿的催促下,我们来到祭典。想着或许能在街上碰到儿子,因此我把宣传单揣在兜里出门了。我对儿子挥手,就是想把这张宣传单尽快给儿子看看。

当时看到来信，我惊愕不已。因为毕竟是死者的来信。我想，也许他预感到了自己的死，想传达什么重要的事情吧？所以急急忙忙打开了信。可是，读了几句几行，我瞠目结舌。信上写的竟然是很久以前，还是我读初中时的事情。

的确自己当时对《星球大战》兴奋不已。但为何现在才寄来这段文章呢？我不明白。死的时候我行我素，死后也是个我行我素的人。我当时这么想着，就把信随手夹到了手边的书里。

可是，与刚才读的《光辉灿烂的远方——〈星球大战〉与西部片》结合起来一想，父亲想说的话，似乎油然传达到我的心里。

  那时还是初中生的儿子，现在就要大学毕业了。孩子长大了，养育儿子的任务也告一段落。既觉得是弹指一挥间的事，又像是一个漫长的旅程。

  趁孩子结束孩提时代的时间点，我

也准备结束这个连载。我的心一直都在高中时经常跑去一连看三场的电影院里。那些辽阔的风景在我心里不断扩展，我活在其中。

也许不过是幻影，但对我来说，那就是一种现实的存在。无论现实生活发生了什么事，因为有那个宽广辽阔的世界，因为有那个光辉灿烂的远方，所以我才活到了今天。

阅览我这些不成熟专栏的读者的心里，一定也有一个幻影般的现实世界，有一个光辉灿烂的远方。正因如此，我们才能在这个世界里一起遨游。我坚信这一点。

儿子那时专心观看《星球大战》的侧脸，我无法忘却。我想，儿子当时一定也在望着这样的地方，在无法飞往宇宙、已经上了年纪的我的身旁。对儿子来说是光辉灿烂的远方，我即使看到也无法理解吧？但是，我相信有这样的地方。

我祝愿今后的儿子能够与曾经的我们一样，去追求梦想，虽然有时也会遭到背叛。即使如此，这些也会成为他活下去的支柱，我希望儿子心里能一直有一处幻想的风景。

在此，我将暂且结束这段旅程。

手稿就这样结束了。

我毫不怀疑这就是放在杉野先生那里的稿子的后半部分。父亲为什么在这种时候把这些稿子寄给我呢？难道是打算给即将大学毕业的我发来贺信吗？

我把纸翻到背面，发现有两行很小的字。

这是为连载专栏写的最后一期。不过，我想先让你来读一读。我这里还有复印件。不管你回不回信，我后天都会把稿子寄给《西部》编辑部。

父亲

原来在这里啊。

我愣住了。父亲最后的手稿,原来一直在我手里。

他说有复印件保留,可父亲房间里资料、文件肯定堆得乱七八糟,只有他本人知道放在哪里。操办葬礼时大家都手忙脚乱,找不到也没什么奇怪的。

这个如果不是寄给我,而是直接寄给杉野先生的话,稿子也许就会顺利地登载在《西部》杂志上,父亲的书也会顺利地印出来。

都是因为我没有发觉,而夹在了书里。太荒唐了。书没有出,完全是因为我的缘故。

这时,我发觉身后有动静。回头一看,是祐也。

我站起身来,朝祐也望去。祐也垂着头,没有作声。情绪大概已经稳定了吧?在家里是一个什么都不会的没用的父亲,但至少这些还明白。

"那个……桌子上放着的,是什么呀?"

祐也手里拿的是《西部》的复印件。

"那个啊,是你爷爷写的东西。我以前没说过吗,你爷爷写过很多影评。"

"是吗?我不知道。好厉害啊,写了这么多……这些全部是西部片?"

"你知道?"

"当然知道。我看过有线电视和光碟。《西部往事》《要塞风云》《黄巾骑兵队》《魔鬼骑兵团》《红河》《赤胆屠龙》《谢恩》。这一时期的,我基本上都看过。"

"哦,你知道的还不少呢。"

我一下子惊呆了。他什么时候看的呢?我一点没发觉。

"这是电影最基本的常识。"祐也一副大人的口气,"我……想拍电影。"

"拍电影?"

第一次听他这么说,我目瞪口呆了。

"嗯。我跟朋友约定好了,进有电影社团的高中,一起拍电影。你知道'电影甲子园'吗?是高中生的电影比赛。我想参赛。"

我对祐也的话愕然了。我想起明美说的,

祐也想考的高中，为什么一定是那个高中呢？

"为什么选择了电影？你从什么时候喜欢上电影的？"

"以前的学校里有一个喜欢电影的老师，课堂上经常给我们讲电影。可能是因为这个吧？不过，或许也是因为在这个家的缘故吧？壁橱里有很多很棒的旧杂志，以前来这里时，我也没什么别的事干，就经常翻看。后来发现老师讲的电影里，有很多是我在杂志里看到过的影片，我说我知道，老师就很吃惊……"

我也惊呆了。

这就是所谓的"家族遗传"吗？

"在老师的推荐下，我看了很多影片，渐渐爱上了电影。后来，就发展成我们自己也想拍这样的电影了。"

"是这样啊。这些事，你跟妈妈说了吗？"

"没说。拍电影是很不现实的事情。她肯定会说不行。可是，我很想去跟朋友约好的高中……"

祐也嘟囔着说。

"你可以去。"

"欸?"

"但是要高考先合格才行。"

"可学费……"

"会有办法的。再过些时候,我也会重新工作的。跟以往待遇相同的工作大概不行,但我会找到自己现在能胜任的工作的。所以,你也好好学习。考不上,可别怪我哦。"

我"啪"地拍了一下祐也的脑袋,才发现他真的长大了好多,真的跟以前不同了。一切都会改变,都会过去。

"你就做你该做的事情好了。自己的人生道路要自己走。"

祐也心中也有一个光辉灿烂的远方吧?即使那是我无法理解的地方。

——但是,我相信有这样的地方。

父亲的字迹深深烙印在我的眼底。

第二天,三日月堂打来电话。其他的版好像也都找到了。"上次发现的是试印用的版,临时放在那里……完整的版，全都保管在一个专门的架子上。"

弓子小姐说。我立刻给杉野先生打了个电话，告诉他，版全部找到了，以及最后一期的后半部稿件也找到了。

杉野先生显得十分惊讶，说："版有了，最后的稿件也有了，这样书就可以印了。"我们决定，一起到三日月堂去一趟。

周末，我和杉野先生来到三日月堂。

在屋子最里面，立着一个贴着"片山先生铅字架"标签的大木头架子，事先说好的排版，井井有条地摆在上面。

"没错。是片山先生的书的排版，而且还按照编号的顺序摆好了。"

带着老花镜的杉野先生流露出感叹不已的语气。以前做编辑工作的杉野先生，很熟悉排版的情况。

"我现在想起来了。片山先生葬礼的时候，'乌鸦老爹'说过，片山先生的书的版，是自己的宝贵财产。"

"宝贵财产?"

弓子小姐问道。

"嗯。说西部影片是他们的梦想,片山先生最理解这些,并写成了文章。他还说是片山先生把自己为之倾倒并看到的世界,用语言保留了下来,对此,他感到无比欣慰。"

"我一点都不知道,祖父这么说……"

弓子小姐自言自语。我也有些惊讶。曾经有人说父亲写的文章是自己的宝贵财产。

"听您这么一说,我想起祖父曾经说过,这个架子上的版,即使自己不能动了,也要保存到他死为止。因为这些是他的梦想。"

"谢谢了。"

我不禁脱口而出。太感谢了。虽然现在我还是不喜欢父亲,但对老爹一直珍藏着对父亲的思念,我是真真切切地感激不尽。

杉野先生说,把新找到的部分加上去,全部请三日月堂来印刷吧。大部版已经排好,所以只需追加排版费和印刷费就可以,如果只印几十部，使用校对机就可以印刷。弓子小姐是这么说的。

"不过，页码不少，所以需要一点时间。"

弓子小姐过意不去地说。

"没事没事，需要多少时间都……虽然不能这么说，不过我们会出钱，也请你不用太急。上了年纪的人很有耐心。"

杉野先生哈哈大笑。

"《西部》的同好都是片山先生的粉丝，所以都在盼着书的出版呢。现在大家已经都八十多岁了。书印出来，他们肯定想要。说不定也有人会说，我在那边读，记得给我放在棺材里。几十册恐怕不够。"

"没问题。"

弓子小姐说。

"如果是这样的话，就开动那台机器吧。"

她指了指大型印刷机。

"不过，上次你不是说，那台印刷机你不会用吗？"

"嗯，但我一直很想开动它。要开动它，

首先要调整一下。另外，我本人也要进修学习一下才行。所以，马上肯定不行。我一直在想，要想重建祖父的三日月堂，不开动那台机器是不行的。"

如果那台机器开动了，三日月堂里，又会响起印刷机的声音……假如那一天真的到来。

老爹不在了，夫人和工人也不在了。曾经是顾客的父亲也不在了。但三日月堂还在这里，还活着。

"上次在电话里，慎一不是说片山先生是个不走运的人吗？你说，如果这份稿件不是寄到自己这里来……"

听杉野先生这么说，我点了点头。

"不过呢，换个角度来想，这说不定正是片山先生的心愿呢？因为最后是慎一第一个读了这份稿件，而且，是慎一把这份稿件变成了书的形式。这不正是片山先生希望的结果吗？说不定他的预知力出奇地好呢。"

"不过，杉野先生，这全都是因为'乌鸦老爹'把版保存下来了……都是很偶然的。"

"'乌鸦老爹'啊。"杉野先生笑了,"片山先生的专栏里多次出现过,钟爱'加里·库珀'的印刷厂老爹。"

"加里·库珀?"

弓子小姐转动着眼珠。

"电影演员,好莱坞的大明星。仪表堂堂、一表人才,男人也会迷上他。"

"老爹经常戴帽子吧?像西部牛仔那样的。"

"嗯,是的。"

"他说,想像加里·库珀那样。连载里写的。"

我说。

"是真的吗?我一点都不知道。"

弓子小姐眼睛瞪得圆圆的。

去三日月堂的时候,父亲总是戴着一顶牛仔帽。家里还有他和老爹两个人戴着帽子一起拍的照片。那张照片放在什么地方了?下次问问母亲。

"不过,真是感慨万千啊。写稿人和排版人都已不在这里,可排好的版还保留着。把这些印刷出来，文字便会浮现出来。"

杉野先生说。

"是啊。"

大家都凝视着版。

"这些铅块，不正像是他们的灵魂吗？"

也许就是如此。父亲的灵魂变成了铅块，在此长眠，等着我来。把这些东西印刷出来，父亲的话语会再次在纸上复苏。

"印刷的时候，我们可以来参观吗？我想让家人也都来看看。"

我很想让母亲也目睹这一切。明美看到袖珍书后，也对活版印刷产生了兴趣。书印好后，可以送一本给喜欢电影的祐也。明日香也一定会觉得这家古老的印刷厂有趣。

"嗯，请一定来。"

弓子小姐微笑着说。

"书的事，我会跟同好们打招呼。但是，要与时间作斗争了，小姐。进修学习是好事，但请你要快一点儿哟，趁我们都还健在。"

"明白了。您放心吧。"

弓子小姐嫣然一笑。

——慎一。

川越祭花车的对面,戴着牛仔帽的父亲在朝我挥手。太阳已经落山,花车的灯光在黑暗中熠熠生辉。

——爸爸。

我也朝他挥了挥手,微微笑了。

译后记

珍藏回忆的使命

周龙梅

人生一回,谁都会有许多难忘的回忆。父母、恩师、挚友、恋人、兄弟姐妹、儿女子孙……难忘的回忆往往不仅仅是甜美幸福的,恰恰是那些辛酸苦涩、悲伤痛苦的回忆,更令我们刻骨铭心。

人们都对自己人生很重要的人怀有深切的怀念与珍贵的回忆。即使那个人不在了,也还是情不自禁地会去努力维系与这个他人无法代替的、最爱的人的纽带(关系)。

人们像极力要挽留宝贵的生命一样,努力想留住日渐模糊的回忆。可怎样才能牢牢留住这些宝贵的回忆呢?

记录和留住回忆有种种方式,撰写回忆录、制作影集、编辑录音录像等。现今有复印机等方便的机器,只要使用现代技术,便可以将回忆详细准确地刻录下来。

这本小说描述的是利用活版印刷,记录主人公们珍贵回忆中一个个发人深省和亲切感人的故事。

十五世纪后叶,德国人约翰·古登堡发明了金属活版印刷术。在活版印刷术发明之前,人们只有依靠手写或雕版印刷书籍。雕版印刷是在一块块木板上面刻上所有的文字,是漫长烦琐、艰辛劳神的作业。由于活版印刷的发明,世界可以广泛向更多的人传播知识了。

金属活版印刷技术有五百多年的历史,距今并不算久远。直到二十世纪八十年代,图书仍然采用活版印刷。现如今,DTP现代化技术发达,排版全部在电脑上操作。随着历史发展的潮流,活版印刷渐渐从人们的视野和生活中消失了。

小说"活版印刷三日月堂"系列描述了经受着各种人生风浪的主人公们，虽然遍体鳞伤，却又真实可爱，在痛苦和绝望中重新振作起来，勇敢地迈向希望的明天。作品袒露了人内心深处脆弱无力、迷茫忧虑的真实一面，同时描写了他们顽强不屈的心灵成长。故事的主线是活版印刷，围绕这一线索，穿插了一串串晶莹璀璨的短篇插曲。连缀的故事描写了人间世态和心灵的碰撞，鼓励处于人生低谷的少年、年轻女性、中年人等等，要想改变自己，需要机遇，更需要勇气，只要向前迈出一步，就会迎来美好的明天。同时，不能忘记感激父母和恩人们，因为有了前人扎实的铺垫和辛勤的耕耘，才有了我们去正视世界的勇气和力量。

"用活版印刷留下回忆"，绝非一件轻松愉快的作业，要带着隐隐作痛的创伤，一个字一个字地用心来编织。可以说，这些故事能够成为男女老幼迷茫时的心灵指南。

这些故事令人共鸣的地方在于，人生中有些是我们不应也不能忘却的回忆，即使很痛苦。

深深牢记珍惜昔日情,大胆追求开拓明日梦。

其实,我们每个人都担负着珍藏回忆的使命。

下次回家探亲,一定要为母亲制作一本纪念影集。

*译文录入过程中,得到张璐和荀晓峥二位的鼎力协助,特此感谢。

图书在版编目(CIP)数据

大海的来信 / (日) 星绪早苗著;周龙梅译. -- 北京:北京联合出版公司, 2023.9

(活版印刷三日月堂)

ISBN 978-7-5596-6991-9

Ⅰ.①大… Ⅱ.①星…②周… Ⅲ.①长篇小说-日本-现代 Ⅳ.①I313.45

中国国家版本馆CIP数据核字(2023)第108316号

KATSUBAN'INSATSU MIKADZUKIDŌ — UMI KARA NO TEGAMI
by SANAE HOSHIO
Copyright © 2017 by SANAE HOSHIO
All rights reserved.
Originally published in Japan in 2017 by POPLAR Publishing Co., Ltd. Tokyo.
Simplified Chinese translation rights arranged with
POPLAR Publishing Co., Ltd.
through Bardon-Chinese Media Agency, Taipei.

大海的来信

作　　者：[日]星绪早苗
译　　者：周龙梅
出 品 人：赵红仕
特约编辑：高继书　魏舒婷
责任编辑：徐　樟
选题策划：采芹人文化　胡　桃

北京联合出版公司出版
(北京市西城区德外大街83号楼9层　100088)
北京联合天畅文化传播公司发行
北京美图印务有限公司印刷　新华书店经销
字数138千字　787毫米×1092毫米　1/32　11.5印张
2023年9月第1版　2023年9月第1次印刷
ISBN 978-7-5596-6991-9
定　　价：56.00元

版权所有,侵权必究

未经书面许可,不得以任何方式转载、复制、翻印本书部分或全部内容。
本书若有质量问题,请与本公司图书销售中心联系调换。
电话:(010)64258472—800